Die Chroniken von Taimura

Danksagung

Hier an dieser Stelle möchte ich all denen danken, die mich unterstützt haben.

Meine Schwester, deren ständiges Drängen mich dazu ermuntert hat, meine Geschichten aufzuschreiben.

Meine Freundinnen Claudia und Annabel, die unermüdlich mit mir über dem Text gebrütet haben.

Marcel für sein tolles Cover.

Meinem Schatz und dem beste Ehemann der Welt für seine Rückendeckung.

Meinen Eltern, meinem Bruder und allen anderen, die mich aufgemuntert haben, wenn ich das Gefühl hatte, ich schaffe es nicht.

Euch allen ein dickes Dankeschön.

CALLISTA BLACKWOOD

Die Chroniken von Taimura

Teil 1

Die Rettungsmission

Bibliografische Information der Deutschen Nationalbibliothek:
Die Deutsche Nationalbibliothek verzeichnet diese Publikation
in der Deutschen Nationalbibliografie; detaillierte bibliografische
Daten sind im Internet über dnb.d-nb.de abrufbar.

TWENTYSIX – der Self-Publishing-Verlag
Eine Kooperation zwischen der Verlagsgruppe Random House und
BoD – Books on Demand
© 2018 Callista Blackwood
Satz, Herstellung und Verlag:
BoD – Books on Demand, Norderstedt
ISBN: 978-3-7407-5119-7

Prolog

Fast dreihundert Jahre herrschte Frieden unter den vielen Königreichen des Landes Taimura. Diese Ära ging als das »Goldene Zeitalter« in die Annalen ein. Es bescherte den Menschen Glück und Zufriedenheit.

Der edle und von den Göttern gesegnete König Tamuir hatte die Heerscharen des Bösen in einer gnadenlosen Schlacht besiegt und sie mit einem mächtigen Siegel in die Tiefen der Unterwelt verbannt.

Er vereinte die einzelnen Reiche unter seiner Regentschaft und verfügte, dass ein Hochkönig als Herrscher über alle anderen wachen solle.

Doch seit dem Tag ihrer Niederlage sannen die Schergen der Finsternis darauf, aus ihrem Gefängnis auszubrechen, um wieder über Taimura herzufallen.

Während einer Sonnenfinsternis gelang es dem fähigsten und mächtigsten Dämon unter ihnen, der sich selbst als Fürst der Finsternis bezeichnete, mit einer kleinen Schar Gefolgsleuten in die Welt der Sterblichen zu gelangen.

Das Böse kehrte zurück.

Der Fürst der Finsternis verbreitete seine Dunkelheit, und mehr und mehr Menschen erlagen den Verlockungen des Bösen und wandten sich vom Licht ab.

Die Horden des Schreckens fielen in die Königreiche Taimuras ein und zerstörten die alte Ordnung.

Einige der Könige und Fürsten brachten den feindlichen Armeen noch Widerstand entgegen. Doch sie fielen den Schergen des Feindes zum Opfer, denn wer sich weigerte, dem Fürsten der Finsternis zu folgen, wurde verschleppt oder getötet.

Von vielen hörte man nie wieder etwas.

Aber es gab auch die, die dem Pfad des Grauens freiwillig folgten, um mehr Macht zu bekommen.

Die Gräueltaten der Menschen waren manchmal schlimmer als die der Dämonen, und so wurde das Land getränkt vom Blut vieler Unschuldiger.

Die Götter schienen ihre Kinder vergessen zu haben.

Doch als es aussah, als gäbe es keine Rettung mehr, sandten die Götter den Priestern eine Prophezeiung.

Es werde zwei Sterbliche geben, geboren aus Licht und Magie, die den Schlüssel zum Schicksal der Welt in ihren Händen hielten.

Doch die Jahre vergingen, und bald glaubten die Menschen nicht mehr an die Erfüllung des göttlichen Versprechens. Zu lange dauerte die Tyrannei des Bösen.

So wurde aus der Prophezeiung ein Mythos, aus dem Mythos eine Legende und schließlich ein Märchen, das man Kindern erzählte, um ihnen die Angst zu nehmen.

Die dunklen Krieger eroberten stetig mehr Reiche. Doch als die Stimmen der Verzweiflung immer lauter wurden, tauchte eine Gruppe von Rebellen auf, die die Rufe nach Gerechtigkeit und Vergeltung erhört hatte. Sie nannten sich »Die schwarze Maske«. Niemand wusste genau, wer diese Männer waren und wo sie herkamen, doch sie brachten die Hoffnung zurück und stellten sich den dunklen Mächten in den Weg ...

Kapitel 1

In der Kühle nach einem heftigen Gewitter, die ein wenig Erholung von dem heißen Sommertag versprach, begann ein lebhaftes Treiben in den Straßen von Glendal, einer kleinen Stadt, die bekannt für ihren Handel mit feinen Wollstoffen und landwirtschaftlichen Produkten von hervorragender Qualität war. Die Fensterläden der mehrstöckigen Häuser, die fast alle aus grauem Stein gebaut waren, wurden aufgerissen, um die kühlere Luft hineinzulassen. Die Menschen, die sich bis jetzt vor der Hitze in ihren Häusern versteckt hatten, kamen heraus, um Besorgungen zu machen oder den Feierabend mit einem kühlen Bier zu beginnen. Mütter liefen mit ihren kleinen Kindern an der Hand zum Markt, um Lebensmittel zu kaufen. Landarbeiter kehrten von den Feldern zurück, und die Viehtreiber brachten ihre Tiere in die Stallungen am Rande der Stadtmauer. Die kleinen, schmalen Gassen füllten sich, und die Hauptstraßen mit den Läden und Werkstätten zogen die Menschen nun an. Auf dem Marktplatz herrschte ein geschäftiges Treiben. Marktschreier boten lautstark ihre Waren an. Käufer und Händler feilschten um die besten Preise, und überall wurde heftig diskutiert. Auf der Wiese am Marktplatz spielte eine Schar von Jungen mit einem Ball. Ein Puppenspieler hatte seine Bühne dort aufgebaut, und quengelnde Kinder zogen ihre Mütter oder Kindermädchen dorthin, um sich die Vorstellung anzuschauen. Beim Geflügelhändler rannte ein Junge einen der Käfige um, und die Hühner flatterten aufgeregt aus dem zerbrochenen Gefängnis. Wütend schrie der Händler dem Kind hinterher, doch es hatte sich längst aus dem Staub gemacht. Überall patrouillierten die Stadtwachen und behielten alles im Auge. Einige Taschendiebe versuchten ihr Glück bei den Marktständen.

Doch über der ganzen lebhaften Stimmung lag auch etwas Bedrückendes. Die Bewohner des Ortes wirkten verängstigt, und niemand wollte länger unterwegs sein als unbedingt nötig. Obwohl dieser Teil der Stadt zu den besseren Vierteln zählte mit seinen von Bäumen gesäumten Straßen und den vielen Brunnen und Denkmälern, waren die Leute vorsichtig und gingen Fremden aus dem Weg. Im Park, bei einer Baumgruppe standen einige Bänke und Tische, doch im Moment saßen dort nur vier Männer. Sie schienen eine kleine Pause zu machen und sich zu unterhalten.

»Also gut, wir werden vorgehen wie abgemacht. Ich und Tonsar werden in die Taverne gehen und den Informanten treffen«, sagte ein schwarzhaariger Mann um die fünfundzwanzig. Er war recht groß, schlank und hatte einen athletischen Körperbau. In seinem hübschen Gesicht mit den ebenmäßigen und edlen Zügen funkelten topasblaue Augen. Über seinen Schultern hing ein leichter Umhang mit Kapuze.

Ein älterer Mann mit grauen Haaren und Bart brummte: »Quell sagte, dass es wichtig ist. Kendel und ich müssen unbedingt ungestört mit ihm reden!«

»Überlasst das nur uns, nicht wahr, Daryen!«, kam es da von einem muskulösen Braunhaarigen.

Sein gutmütiges Gesicht zeigte ein breites Grinsen, als er in die Runde schaute. Er trug ebenfalls einen Umhang mit Kapuze und wirkte ziemlich unbekümmert.

»Wir werden die Soldaten schon von euch fernhalten.

Max und ich sollten ihre Aufmerksamkeit problemlos auf uns lenken können, dann machen wir eine nette kleine Stadttour mit ihnen«, lachte der blonde Mann, den sie Daryen genannt hatten.

Er war etwa so groß und so alt wie der schwarzhaarige Kendel und hatte seine langen, blonden Haare lose zu einem Zopf gebunden. Seine smaragdgrünen Augen verrieten einen wachen Verstand.

»Im Notfall wendet Daryen einfach ein paar seiner magischen Tricks an«, grinste Max.

»Es wäre mir lieb, wenn Daryen seine Magie gar nicht erst anwenden müsste. Egal was ihr macht, löst bloß keinen Alarm aus. Tonsar und ich könnten nicht rechtzeitig bei euch sein«, schärfte ihnen Kendel ein.

»Keine Angst! Sollten wir in Schwierigkeiten geraten, werde ich dich informieren«, versicherte ihm Daryen.

»Ich werde meinen Geist für deine Gedanken öffnen. Denk aber bitte daran, dass ich dich nicht über eine zu große Entfernung ›hören‹ kann. Meine telepathischen Kräfte sind begrenzt, und hier in der Stadt fällt es mir schwer, mich auf eine Stimme zu konzentrieren«, sagte der schwarzhaarige Kendel.

»Keine Sorge, wir passen schon auf!«, sagte Daryen, und Max nickte.

»Gut, dann wollen wir mal loslegen. Bis später!« Und damit beendete Kendel die Unterredung.

Was die umstehenden Menschen nicht wussten, war, dass diese vier Männer zu den Rebellen von der »Schwarzen Maske« gehörten.

Ohne große Eile standen sie nun von den Parkbänken auf und trennten sich. Während Kendel und Tonsar zusammen in Richtung Taverne gingen, fielen Daryen und

Max ein Stück hinter ihnen zurück. Unauffällig beobachteten sie die Umgebung. Kendel lauschte den Gedanken der Menschen in seinem Umfeld und wurde plötzlich auf eine Gruppe Männer aufmerksam.

Es waren sechs. Sie waren wie Tagelöhner gekleidet und wirkten recht ungepflegt. Ihre grobschlächtigen Körper steckten in schäbiger Kleidung, die fleckig und an einigen Stellen gerissen war oder Löcher hatte. Hände und Gesichter waren schon seit einiger Zeit nicht mehr mit Wasser in Berührung gekommen.

In ihren Gedanken schnappte Kendel einige interessante Informationen auf.

Wo stecken diese Rebellen nur. Sie müssten doch hier irgendwo sein. Oder hat unser Informant etwas falsch verstanden? –

Wenn diese Kerle nicht bald hier auftauchen, können wir die Suche genauso gut auch einstellen.

Kendel lachte leise, als er die verstimmten Töne bei den Soldaten vernahm. Nun, wenn sie sich langweilten: Dem konnte Abhilfe geschaffen werden.

Daryen?, hörte der blonde Magier die Stimme seines schwarzhaarigen Freundes.

Was gibt's?, antwortete er ihm in Gedanken.

Dort vorne am Stand vom alten Tref stehen ein paar Soldaten in Zivil. Ich glaube, sie haben Sehnsucht nach uns. Bis jetzt haben sie uns noch nicht entdeckt.

Daryen schaute zu dem Marktstand und sah die Gruppe, die Kendel gemeint hatte.

Ich sehe sie. Wir werden uns ihrer annehmen.

»Max?«

»Hm?«, sagte der ein wenig abwesend, da er sich gerade die frisch gebackenen Brote am Bäckerstand ansah.

»Die Kerle da vorne möchten durch die Stadt geführt werden.«

Daryen deutete durch ein leichtes Kopfnicken in die Richtung, wo die besagten Kerle standen.

»Wir werden ihnen eine ausgiebige Route zeigen!«, grinste der braunhaarige Max.

Die beiden gingen zu dem Marktstand und benahmen sich möglichst auffällig.

Kendel, hättest du wohl die Freundlichkeit, ein wenig zu helfen? –

Aber natürlich!

Daryen hatte seinem Freund in Gedanken gezeigt, was er vorhatte. Als sie an den Soldaten vorbeikamen, rutschte die Kapuze von seinem Umhang, wie durch Zufall, und mit Kendels telekinetischer Hilfe ein wenig nach hinten, sodass man für einen kurzen Moment sein Gesicht sehen konnte. Daryen hatte den Moment so abgepasst, dass die Männer auf jeden Fall einen Blick auf ihn erhaschen konnten. Als er sich sicher war, dass sie ihn erkannt hatten, zog er die Kapuze hastig und betont auffällig wieder hoch.

Die ganze Szene spielte sich vor den Augen der Bewohner ab, doch keiner schenkte ihr Beachtung. Nur einer der Soldaten hatte die kleine Vorführung mitbekommen. Hastig stieß er seine Kumpane an und deutete mit einem leichten Kopfnicken auf die beiden Verdächtigen, die sich langsam zum Marktplatz bewegten. Die anderen schauten unauffällig in die angezeigte Richtung und nickten ebenfalls kaum merklich. Daraufhin setzten sich alle in Bewegung. Offensichtlich hatten zwei Männer ihre Aufmerksamkeit erregt.

Der eine war groß und schlank. Unter seiner Kapuze

konnte man einen blonden Zopf erkennen, der bis auf seine Brust reichte. Sein Gesicht wurde von der Kapuze seines Umhangs nahezu verdeckt, doch hatte der Anführer einen kurzen Moment das hübsche Gesicht mit den funkelnden smaragdgrünen Augen sehen können. Der leichte Umhang verhüllte eine athletische Gestalt, und die geschmeidigen Bewegungen ließen erahnen, dass es sich um einen erfahrenen Kämpfer handelte. Er trug eine schwarze Lederhose und ein schwarzes Hemd. Das war unverkennbar der Magier, der auf der Liste der Soldaten stand. Der andere war kleiner und von eher stämmiger Statur, und es lugten braune Strähnen unter der Kapuze hervor. Er hatte mächtige Oberarme und ein breites Kreuz, was für die Handhabung seiner Lieblingswaffe von enormem Vorteil war. Max trug eine braune Hose und ein helles Hemd. Eine mächtige Streitaxt und ein Kurzschwert waren unter dem Umhang verborgen. Furchteinflößende Waffen, die er hervorragend beherrschte. Er war der Sohn eines Bauern, und die schwere Feldarbeit hatte seinen Körper geformt.

Es sah so aus, als wollten sie, wie alle anderen Bewohner auch, ein paar Besorgungen machen oder als wären sie auf den Weg in eines der Gasthäuser. Sie schienen keine Eile zu haben und verschmolzen mit der hektischen Umgebung und dem lärmenden Gewimmel der Straßen.

»Das sind sie!«, zischte der Anführer der kleinen Verfolgergruppe seinen Kumpanen zu. »Verliert sie nicht aus den Augen. Sobald sich die Gelegenheit bietet, greifen wir uns den Rebellenabschaum. Denkt dran! Den Blonden will Larasan lebend. Den anderen könnt ihr töten.«

Die kleine Gruppe Schläger verfolgte sie unauffällig durch die Straßen, sehr darauf bedacht, nicht von den beiden Männern bemerkt zu werden.

»Nicht umdrehen, Max, wir waren erfolgreich. Sie sind hinter uns her«, sagte der Blonde leise zu seinem Begleiter.

»Es scheint, als hätte unser Freund damit recht gehabt, dass sich die Soldaten jetzt schon verkleiden, um uns aufzuspüren«, sagte Max.

»Was machen wir jetzt, Daryen?«, fragte er dann.

»Das, was wir geplant haben. Wir locken sie von der Taverne weg. Hoffentlich gibt es nicht noch mehr von ihnen. Während Tonsar und Kendel sich mit dem Informanten treffen, können sie keinen Ärger gebrauchen.«

Die beiden Männer liefen weiter und achteten darauf, ihre Verfolger nicht zu verlieren.

»So weit, so gut. Sie schleichen schön brav hinter uns her«, grinste Daryen.

»Wohin?«, fragte Max.

Die beiden jungen Männer waren an einem Stand mit Lederwaren stehen geblieben, und Daryen hatte die Gelegenheit genutzt, sich nach den Verfolgern umzusehen, während sein Freund einige Waren betrachtete.

»Wir gehen in die alte Mühle. Sie steht abseits genug, um keine Unbeteiligten reinzuziehen. Los!«, meinte der Blonde und nickte in die Richtung.

»Etwa die im Feuerfeld?«, flüsterte Max und wurde ein wenig blass um die Nase.

»Gibt es hier noch eine alte Mühle, in der niemand mehr lebt?«

»Aber Daryen!«, jammerte Max.

»Hm, hast du ein Problem damit?«, grinste der Blonde.

»Es soll dort spuken!«, hauchte Max.

»Oje, Max. Du glaubst diesen abergläubischen Unsinn doch nicht etwa?«

Daryen verdrehte die Augen.

»Keine Ahnung, ob ich es glauben soll oder nicht. Tatsache ist, dass es dort viel Leid gegeben hat«, gab Max ängstlich zurück.

»An dem weder du noch ich beteiligt waren. Es ist mindestens zwanzig Jahre her. Also hätten die gepeinigten Seelen auch keinen Grund, uns heimzusuchen, sollten dort welche rumspuken«, versuchte es Daryen noch mal mit Vernunft.

Max schluckte und folgte dem Blonden, der zielstrebig in Richtung der alten Mühle ging. Nachdem sie einige Gassen und Straßen passiert hatten, gerieten die beiden in eine verlassene Gegend. Hier kam ihnen niemand mehr entgegen, und es wurde immer stiller. Nach einer großen Brandkatastrophe hatten die Menschen diesen Teil der Stadt einfach aufgegeben und die Ruinen sich selbst überlassen.

Alle nannten diesen Ort nur noch das Feuerfeld.

An einen dort errichteten Gedenkstein legten immer noch einige Hinterbliebene Blumen nieder.

Der Ort machte einen verwahrlosten Eindruck und wirkte auch im Tageslicht unheimlich. Unkraut und wilder Efeu umschlangen die verkohlten Mauern der Ruinen. Der braunhaarige Max drehte sich immer wieder um und schaute ängstlich in die dunklen Ecken. Die Schatten erschienen ihm wie lange Finger, die versuchten, ihn zu greifen, und jeder kleine Windhauch fühlte sich für ihn an, als ob eine unsichtbare Hand sein Gesicht streifte.

Die Bewohner waren recht abergläubisch, und so mieden sie diesen Ort, wo es so viele Tote und Verletzte gegeben hatte. Selbst Diebsgesindel und anderes zwielichtiges Volk machte einen Bogen um diese Gegend. Auch Max wäre am liebsten davongelaufen. Daryen schien keinerlei

Sorgen zu haben, denn er ging, ohne zu zögern, durch die verwinkelten Gassen und Straßen. Inmitten dieser Ruinen befanden sich die Überreste einer großen Mühle. Sie war der Grund für den verheerenden Brand gewesen. Das Mehl hatte sich entzündet, und die darauf folgende Explosion hatte das Feuer auf die benachbarten Gebäude überspringen lassen. Die Mauern der Mühle standen noch, aber ihre Flügel waren zerstört, und die Flammen hatten das Innere fast vollständig verzehrt. Eine schwarz verbrannte Holztreppe führte nach oben, wo die Gesellen früher das Korn in das Mahlwerk gegeben hatten. Die schweren Mühlsteine waren aus ihren Halterungen gerissen und hinuntergestürzt. Durch die enorme Hitze und den Aufprall waren sie in mehrere Stücke zerbrochen und bedeckten einen Teil des Bodens.

Die beiden Männer in den Umhängen betraten das halb zerfallene Gebäude, wobei sie darauf achteten, möglichst auffällig unauffällig zu sein. Einige Tauben flogen erschrocken auf, als sich ihnen die Menschen näherten. Federn schwebten lautlos herab. Max konnte gerade noch ein Aufschreien unterdrücken, als die Vögel aufstoben. Sein Herz schlug ihm bis zum Hals, und er warf Daryen einen vorwurfsvollen Blick zu. Doch der schüttelte nur amüsiert den Kopf und sagte leise: »Es waren doch nur ein paar Tauben.«

Sein Freund gab einige unverständliche Laute von sich und wandte sich dem Fenster zu.

Die Soldaten waren den Rebellen bis hierher gefolgt und hatten beobachtet, wie sie in der Ruine verschwunden waren.

»Ein Glück, dass sie uns nicht bemerkt haben. Sie scheinen etwas im Schilde zu führen. Denkt an unseren Auftrag, die Rebellen zu schnappen, sowie sich die Gelegenheit bietet. Zugreifen!«, sagte der Anführer.

»Vielleicht warten sie auf einen Informanten. Dann können wir den direkt mit erwischen«, meinte ein anderer der Verfolger.

»Das könnte sein, warum sonst sollten sie hierherkommen. Also gut. Wir warten noch mit dem Zugriff. Verteilt euch ums Gebäude und haltet die Augen offen«, befahl der Anführer.

Die Soldaten befolgten den Befehl, und schattengleich schlichen sie um die Mühle herum, darauf bedacht, nicht entdeckt zu werden.

»Sind sie uns gefolgt?«, fragte Daryen, während er sich im Inneren der Mühle umsah.

Max lugte durch eines der Fenster.

Durch die Hitze der Flammen war einst das Glas herausgefallen, und die leeren Fensterrahmen waren schwarz verbrannt. Er schaute sich um und konnte hinter einem Schutthaufen den schwarzen Haarschopf eines Soldaten erkennen. Die anderen hatten sich vermutlich auch irgendwo versteckt.

»Yep, da lungern sie herum. Was machen wir jetzt, Daryen? Die werden bestimmt nicht ewig da draußen hocken und warten. Und du weißt, was Kendel gesagt hat. Wir sollen nach Möglichkeit kein Aufsehen erregen.«

Daryen grinste. Als er sich umgesehen hatte, war ihm eine Idee gekommen.

»Ich schätze mal, die warten, ob wir hier jemanden treffen wollen, bevor sie hier eindringen. Und wenn sie es tun … Tja, sie werden wohl niemanden finden«, sagte er.

»Wie das denn? Die Mühle ist umstellt. Wir werden auf keinen Fall ungesehen entkommen können.«

»Das habe ich auch gar nicht vor. Los, stell dich da rüber!«, forderte Daryen Max auf und schob ihn in eine kleine Nische, gerade groß genug für sie beide.

Dort hatte einmal ein Teil des Mahlwerks seinen Platz gehabt, und die Mauer besaß an dieser Stelle eine Vertiefung.

»Äh, Daryen, ich will deinen tollen Plan ja nicht kritisieren, aber meinst du nicht, dass sie uns hier sehen können, wenn sie reinkommen?«, fragte Max vorsichtig.

»Ein wenig mehr Vertrauen, bitte«, sagte Daryen leicht entrüstet, während er sich neben Max stellte.

»Hab ich ja, aber was nun?«

»Du wirst schon sehen!«, lachte Daryen und begann einen Zauber zu weben.

Die Minuten verstrichen, und die Soldaten harrten in ihrem Versteck aus. Sie behielten die Ruine und die nähere Umgebung genau im Auge, um einen Eindringling sofort ergreifen zu können. Aber niemand näherte sich der alten Mühle, und auch im Inneren tat sich nichts. Langsam wurde der Anführer der Gruppe nervös.

Da stimmt etwas nicht. Das dauert viel zu lange, dachte er und gab seinen Männern das vereinbarte Zeichen. Sie stürmten aus ihren Verstecken und drangen in das Gebäude ein. Doch es war niemand mehr in der Mühle.

»Das gibt es doch nicht!«, schrie der Anführer.

Hektisch blickte er sich um, doch er sah keine Menschenseele. Sein Gesicht war wutverzerrt und lief rot an.

»Wo sind sie?«, fuhr er seine Leute an.

»Es ist niemand aus dieser Ruine rausgekommen, Sir!«, sagte ein Soldat, und die anderen nickten.

»Die können sich doch nicht in Luft auflösen!«, schrie der Anführer weiter.

Er ließ seinen Blick wieder und wieder durch die Mühle streifen.

»Durchsucht alles. Vielleicht gibt es hier einen Keller oder einen Zugang zur Kanalisation«, befahl er wütend und fuchtelte wild mit den Armen, um seine Männer anzutreiben. Doch obwohl die Soldaten jedes Staubkorn umdrehten, fanden sie nichts.

»Hier ist niemand, Sir«, sagte ein Soldat und wischte eine Spinnwebe aus seinem Gesicht.

»Habt ihr einen Keller oder so was gefunden?«, wollte der Anführer wissen.

»Nein, Sir!«

»Dieser Magier muss sich und den anderen Rebellen durch einen Zauber von hier weggeschafft haben. Mieser Feigling!«, fluchte der Anführer.

Völlig verdreckt und schweißüberströmt gaben die Männer schließlich ihre Suche auf.

»Wir gehen. Das wird Larasan gar nicht gefallen!«, stöhnte der Anführer, und die Männer verließen die alte Mühle.

Ängstlich nahm er ein Medaillon aus seiner Tasche und sprach einen kurzen Zauber, der es ihm ermöglichte, mit der Tochter des Fürsten über die große Distanz zu sprechen. Das Schmuckstück begann zu leuchten, und eine Projektion Larasans schimmerte über dem Medaillon.

Kapitel 2

Während Daryen und Max die Soldaten zur alten Mühle lockten, gingen Kendel und Tonsar zum »Bierkrug«, der größten ortsansässigen Taverne, in der sie den Informanten treffen wollten. Sie lag in einem der weniger vornehmen Außenbezirke der Stadt. In diesem Arbeiterviertel, wo hauptsächlich Tagelöhner und Landarbeiter lebten, war der »Bierkrug« um diese Tageszeit gut besucht, und die beiden Rebellen konnten in der Menge verschwinden.

»Hoffen wir mal, dass Quell tatsächlich etwas über den Aufenthaltsort deines Bekannten weiß.«

Kendel nickte: »Er ließ uns nur die Nachricht zukommen, dass es wichtig ist, was er herausgefunden hat, und dass er sich so schnell wie möglich mit uns treffen will.«

»Ich gehe zuerst rein. Folge mir etwas später. Quell wird wohl an seinem üblichen Platz sitzen«, sagte Tonsar.

»In Ordnung! Ich werde die Besucher im Auge behalten. Sollte ich was Verdächtiges bemerken, gebe ich dir ein Zeichen.«

Tonsar nickte seinem jungen Begleiter noch mal zu und ging dann zur Taverne.

Es war ungewöhnlich, dass Quell die Informationen persönlich lieferte. Normalerweise wurden die Nachrichten an einem geheimen Platz hinterlegt, wo Soltar die Botschaften dann holte. Das verschaffte den Rebellen zusätzliche Sicherheit. Was immer Quell herausgefunden hatte, musste enorm wichtig sein.

Ein fast schon ohrenbetäubender Lärm schlug Tonsar entgegen, als er die Türe zum Gasthaus öffnete. Im Inneren gab es nur eine schummerige Beleuchtung, und die hölzernen Deckenbalken waren vom Ruß der vielen Kerzen schon fast schwarz. Ein nicht gerade lieblicher Duft entströmte dem Schankraum. Es war eine Mischung aus Alkohol, Eintopf, Schweiß und etwas, das Tonsar weder einordnen konnte noch wollte. Es war eben eine typische Kneipe, wo es billigen Wein, Bier und ein satt machendes Tagesgericht gab. Die Gäste gehörten eher zur einfachen Bevölkerung und waren schnell mit den Fäusten oder Messern dabei, wenn es zu Streitigkeiten kam. Hinter dem Tresen stand ein bulliger Kerl und füllte Bierkrüge, die dann von den Schankmädchen zu den Gästen gebracht wurden. Der Umgangston war rau und die Stimmung angespannt. Im Gastraum standen mehrere Tische, die fast alle besetzt waren.

Im hinteren Teil saß ein Mann alleine an einem Tisch und hatte einen Bierkrug und einen deftigen Gemüseeintopf vor sich stehen. Er war einfach gekleidet und schien ungeduldig auf etwas oder jemanden zu warten. Als Tonsar ihn sah, ging er zu ihm und begrüßte ihn herzlich.

»Mensch, mein alter Freund, was machst du denn hier? Ich hab dich ja schon ewig nicht mehr gesehen. Wie geht es der Familie?«

Tonsar und der andere Mann schüttelten sich die Hände.

»Gut, gut, danke. Setz dich doch zu mir. Ich wollte schnell was essen, bevor ich zurückreite. Möchtest du auch was?«

»Nur was zu trinken. Hey, zwei Bier!«, rief Tonsar dem bulligen Kerl hinter der Theke zu.

»Was macht der Garten? Bist du immer noch so erfolgreich?«

Die beiden Männer plauderten über belangloses Zeug.

Kendel hatte wenige Augenblicke nach Tonsar die Taverne betreten und verschaffte sich einen kurzen Überblick über die Situation. Mit geübtem Blick schätzte er die Anwesenden ab, ob sich Soldaten unter ihnen befanden. Die Gedanken aller hier im Raum zu prüfen war fast unmöglich, und so beließ es Kendel bei einer oberflächlichen Suche, zumal er seinen Geist für Daryen offenhielt, um seinen Freunden im Notfall helfen zu können. Als er nichts Verdächtiges erkennen konnte, ging er an den Tresen und setzte sich so, dass er den Raum gut überschauen konnte und auch den Eingang im Blick hatte. Da er einen Umhang trug und die Kapuze tief ins Gesicht gezogen hatte, konnte man ihn nicht erkennen. Vorsicht war besser als unangenehme Zwischenfälle. Zwar kannten die meisten Menschen nicht die Gesichter der Rebellen, doch es konnten ja durchaus Spione des Fürsten unter den Anwesenden sein, und die wussten, wie Kendel aussah.

»Was willst du trinken?«, fragte der bullige Wirt.

»Gib mir ein Glas roten Styrwein«, meinte Kendel leise und legte dem Wirt eine Münze hin.

Der nickte und stellte kurz darauf das Glas mit dem dunkelroten Wein vor ihn. Kendel nahm das Glas und nippte kurz daran, um nicht aufzufallen. Er verzog angewidert das Gesicht, als der seine Zunge benetzte. Es war ein billiger Fusel, der hier ausgeschenkt wurde, kein Vergleich zu dem Wein, den er von zu Hause kannte. Das Schankmädchen brachte in der Zwischenzeit das Bier an den Tisch von Tonsar und seinem Bekannten und sie prosteten sich zu. Jeder, der in diesem Moment das Gespräch gehört hätte, hätte nur eine langweilige Unterhaltung über die Aufzucht von Gemüse mitbekommen.

»Ich schwöre darauf: ein bis zwei Löffel getrocknete Sinablätter in das Wasser geben und alle zwei Tage damit gießen. Gesündere Tomaten wirst du nirgendwo finden«, schwärmte Tonsar.

»Das muss ich unbedingt ausprobieren!«

Als die Bedienung ging und niemand den beiden Aufmerksamkeit schenkte, kam Tonsar auf den eigentlichen Grund für ihr Treffen.

»Was hast du für uns, Quell?«

»Laut meinen Informationen wurde der Graf auf die Burg Kardia gebracht. Eigentlich eine schwer einzunehmende Festung. Steht an einer Felsklippe und ist nur von der Westseite angreifbar. Mein Informant berichtet mir aber, dass im Moment nur eine Notbesetzung dort ist. Zirka fünfzig Soldaten. Der Graf soll in fünf Tagen weggebracht werden, zusammen mit seiner Frau. Ich konnte einen Plan der Burg besorgen. Hier an der Ostseite gibt es einen geheimen Zugang. Es ist die einzige Möglichkeit, unbemerkt in die Burg zu kommen«, sagte Quell und übergab Tonsar ein zusammengerolltes Papier.

Tonsar rollte den kleinen Plan vorsichtig auf und warf einen kurzen Blick darauf. Die Zeichnung der Burg war recht detailliert, und man konnte neben den Gängen und Räumen der Burg auch diverse Geheimgänge erkennen.

»Der Plan ist schon mal nicht schlecht.« Tonsar runzelte die Stirn.

Dann steckte er ihn in seine Tasche.

Quell nickte und sagte dann:

»Es gibt aber ein kleines Problem. Die Burg ist zu gut befestigt, um einfach durch den Vordereingang spazieren zu können. Wachen an den wichtigsten Positionen würden wiederum jeden sofort entdecken, der die Mauern erklettert.«

»Bleibt also nur die Geheimtür an der Ostseite!«, stellte Tonsar fest.

»Die allerdings magisch gesichert ist, um Fremde abzuhalten!«, warf Quell ein.

»Na großartig. Hast du einen Weg gefunden, den Alarm zu umgehen?«

Der Informant nickte.

»In der Stadt gibt es einen Statthalter des Fürsten, der angeblich über einen Schlüssel verfügt, der den Zugang ermöglicht.«

Tonsar nickte. »Das ist besser als nichts. Welcher von den Statthaltern des Fürsten ist es denn?«

»Der Kaufmann Gorik.«

»Das passt zu diesem Halsabschneider. Wieso hat er den Schlüssel zur Burg Kardia in seinem Besitz?«

»Angeblich hält sich ein Hauptmann der Drachen hier auf und hat ihn dabeigehabt. Er lässt ihn von Gorik für die Dauer seines Aufenthaltes verwahren.«

»Ein Hauptmann der Drachen?«, staunte Tonsar.

Quell nickte. »Ihr macht den Soldaten des Fürsten ganz schön zu schaffen, und der Hauptmann soll hier wohl nach dem Rechten sehen.«

»Gut für uns!«, meinte Tonsar. »Woher weißt du, was der Hauptmann vorhat?«

»Sagen wir mal, er hat eine Vorliebe für sehr junge Mädchen und redet zu viel, wenn er betrunken ist. Er war bei Mara und hat sich dort vergnügt. Die Dirnen in dem Bordell arbeiten alle für uns.«

»Danke für deine Hilfe«, meinte Tonsar. »Ab hier übernehmen wir.«

Quell sah besorgt aus. »Ich weiß nicht, ob man es riskieren sollte. Das ist sehr gefährlich. Seid vorsichtig. Sollte ich wieder etwas erfahren, lasse ich euch eine Nachricht zukommen.«

Tonsar nickte, stand auf und sagte laut: »War schön, dich mal wieder gesehen zu haben. Bis bald mal, und grüß die anderen von mir!«

»Mach ich«, antwortete Quell.

Die beiden gaben sich die Hand, und Tonsar drehte sich um und ging hinaus. Kendel wartete noch einen Augenblick und folgte seinem Freund dann nach draußen.

»Hat er was rausgefunden?«

Tonsar nickte.

»Gut, dann zurück ins Lager. Daryen und Max werden wohl auch gleich zurückkommen, dann kannst du uns erzählen, was du erfahren hast!«

»Die Sache könnte gefährlich werden, Kendel«, warnte der alte Soldat.

»Das ist mir klar. Aber der Graf ist ein alter Freund meiner Familie, und er ist in Gefahr. Haben wir nicht geschworen, allen zu helfen, die vom Fürsten bedroht werden?«

Tonsar nickte und sagte: »Wir werden alles tun, um ihm zu helfen. Keine Sorge.«

Sie machten sich auf den Rückweg und mieden dabei die belebten Hauptstraßen. So gingen sie durch kleine Gassen und Seitenstraßen, um den patrouillierenden Soldaten gar nicht erst über den Weg zu laufen. Niemand behelligte sie, so als wüssten die Diebe und Halsabschneider, dass mit den beiden Männern nicht gut Kirschen essen war, wenn man sie belästigte. Außerhalb der Stadtmauer führte eine Landstraße in den Wald. Kein Mensch war jetzt noch auf den Feldern zugange, und Kendel und Tonsar brauchten sich keine Sorgen zu machen, dass man sie bemerkte. Der Moratawald, wie er von den Menschen genannt wurde, was so viel hieß wie ruheloser Wald, war etwa eine halbe Stunde von der Stadt entfernt. Vor vielen Jahrhunderten hatte es hier eine blutige Schlacht zwischen zwei verfeindeten Königreichen gegeben. Hunderte von Menschen waren in nur einer Nacht ums Leben gekommen. Viele konnten nicht beerdigt werden und wurden von wilden Tieren gefressen. Bei so viel Tod und Elend mussten die Geister ja zwangsläufig umherwandeln und nach Rache schreien. Dieser Aberglaube hielt ungebetene Besucher von ihrem Versteck fern.

Ohne zu zögern, folgten Kendel und Tonsar einem versteckten Pfad durch den Wald bis zu einigen kleineren Hügeln. Hier erstreckte sich eine Lichtung am Fuße der felsigen Hügelkette. Wenn man sich näherte, konnte man eine Öffnung im Felsen erkennen, die wohl zu einer dahinter liegenden Höhle führte. Vor dem Eingang brannte ein kleines Feuer, und ein paar Holzstühle standen darum herum.

»Soltar, Max, Daryen, wir sind wieder zurück!«, rief Tonsar und legte seine Tasche ab.

»Sie sind noch nicht hier!«, sagte eine jung klingende Stimme aus dem Felsen.

Ein schmächtiger Junge von etwa sechzehn Jahren kam aus der Höhle. Er trug eine beigefarbene Hose aus grobem Leinen und ein braunes Hemd. Seine Füße steckten in einfachen Lederschuhen. An seinem Gürtel hing ein Messer, und eine Schleuder baumelte daneben. Sein dunkelbrauner Haarschopf war zerzaust und strubbelig.

»Immer noch nicht? Sie hätten doch längst wieder hier sein müssen!«, wunderte sich Tonsar.

»Keine Ahnung, wo sie sind, ich bin auch erst seit ein

paar Minuten wieder da«, sagte Soltar und zuckte mit den Schultern.

Kendel war verwundert.

Max und Daryen hätten vor ihnen hier sein müssen. Ihre Aufgabe war es gewesen, Spione und Soldaten von der Taverne wegzulocken und dann zu verschwinden, ohne für Aufsehen zu sorgen. Es gab zu viele Soldaten in der Stadt, und die beiden hätten alleine nur schwer gegen ein ganzes Bataillon bestehen können. Einen Alarm hatte es aber nicht gegeben, das hätte Kendel mitbekommen. Was war nur los? Als sie auch nach einer weiteren halben Stunde nicht da waren, wollte er sich schon auf den Weg zurück in die Stadt machen.

»Und wo willst du hin?«, fragte Tonsar.

»In die Stadt. Daryen und Max müssten schon längst da sein!«

»Die zwei kommen schon klar! Vielleicht wurden sie aufgehalten.«

Kendel fuhr sich mit einer Hand durch die Haare und versuchte, seine innere Unruhe unter Kontrolle zu bringen.

Schließlich sagte er: »Ich warte eine Stunde. Sind sie dann noch nicht hier, gehen wir sie suchen!«

Tonsar musterte den jungen Mann vor sich. Warum war Kendel so nervös? Daryen und Max konnten sehr gut auf sich aufpassen. Er wurde das Gefühl nicht los, dass etwas in der Luft lag. Es war eine Art Vorahnung.

Kendel hatte sich abgewandt und war katzengleich auf einen der Bäume geklettert, die um das Lager standen und deren Kronen weit in den Himmel ragten. Er wusste nicht, wie er den anderen erklären sollte, warum er so nervös war. Sein Bauchgefühl sagte ihm, dass etwas vor sich ging, bei dem Larasan ihre Finger mit im Spiel hatte. Und das gefiel ihm überhaupt nicht. Deswegen machte er sich auch so große Sorgen um Max und Daryen. Wer wusste schon, ob die einfache Ablenkungstour nicht in einer Katastrophe geendet hatte. Er könnte zwar versuchen, Daryen zu »rufen«, wagte es aber nicht, um seine Freunde nicht unnötig in Gefahr zu bringen. Wenn sie in einen Kampf verwickelt waren, könnte es sie zu sehr ablenken, wenn sie unvermittelt seine Stimme hörten. Besonders Max war es nicht gewohnt, mit ihm telepathisch zu kommunizieren. Also musste er sich in Geduld üben, was zugegeben nicht seine stärkste Eigenschaft war.

Aus dem Baumwipfel heraus konnte er fast bis zur Stadt sehen, da das Gelände vor dem Wald aus flachen Wiesen und Feldern bestand. Sollten seine Freunde den Weg hierher nehmen, würde er sie sofort sehen.

»Was ist denn mit Kendel los?«, fragte Soltar, dem das Verhalten ihres Anführers schon komisch vorkam.

»Er macht sich zu viele Gedanken«, brummte Tonsar und ging in die Höhle.

Kendel behielt die Gegend im Auge, und plötzlich sah er zwei Gestalten in seine Richtung kommen. Sofort wurde er ruhiger und wartete, bis seine Freunde im Lager ankamen.

Kapitel 3

Zur gleichen Zeit auf Burg Kardia.

Larasan, die schwarzhaarige Tochter des Fürsten der Finsternis, ging aufgeregt in ihrem Laboratorium auf und ab. Ihr eng anliegendes rotes Kleid, das an einer Seite bis zu ihrer schmalen Taille aufgeschlitzt war, flatterte um ihre langen, schlanken Beine. Sie wartete ungeduldig auf eine Nachricht des Spähtrupps, der die Verfolgung der Rebellen aufgenommen hatte.

Der Soldat hatte ihr nur kurz die Meldung gemacht, dass zwei in der Stadt aufgespürt worden seien und sich der Trupp an ihre Fersen geheftet habe. Einer war der blonde Magier. Das war jetzt eine ganze Weile her, und Larasan wollte endlich die Erfolgsmeldung bekommen. Was dauerte denn so lange daran, zwei Männer zu überwältigen und gefangen zu nehmen?! Immerhin war Daryen ohne seinen eigentlichen Partner Kendel unterwegs, und das machte es umso leichter für ihre Soldaten. Zusammen waren sie zu stark, doch alleine hatten ihre Männer eine Chance gegen ihn. Dieser andere Bursche stellte keine Gefahr dar. Auf eine solche Gelegenheit hatte sie schon lange gewartet. Es musste einfach gelingen, den Magier festzusetzen. Wenn sie erst einmal Daryen in ihrer Gewalt hatte, würde es ein Leichtes sein, Kendel zu zwingen, sich ebenfalls zu ergeben.

Wieder sah sie zu dem Tisch, auf dem ihre schwarze Kristallschale stand. Die war in den Feuern der Unterwelt erschaffen worden, und Larasan benutzte sie für ihre schwarzen Hexereien. In der Schale schimmerte eine dunkelrote Flüssigkeit, die die Konsistenz von Blut hatte.

Doch immer noch tat sich nichts, und Larasan wandte sich ab. Langsam kam ihr der Verdacht, dass etwas schiefgegangen war. Plötzlich begann die Kristallschale auf dem Tisch zu leuchten, und die Projektion des Anführers der Verfolgertruppe erschien über der leicht blubbernden Flüssigkeit. Das Medaillon und die Schale waren miteinander verbunden und ermöglichten so ein Gespräch über weite Entfernungen.

»Was hast du zu berichten? Habt ihr den Magier gefangen nehmen können?«, fragte die Hexe.

»Es tut mir leid, Herrin, wir haben ihre Spur bei der alten Mühle verloren.«

»Was soll das heißen, ihr habt ihre Spur verloren? Habe ich euch nicht befohlen, sie nicht aus den Augen zu lassen! Was ist passiert?«, fauchte Larasan.

Ihre dunklen Augen funkelten den Soldaten, der ihr die Meldung brachte, an, und sie sagte: »Nun, hast du deine Zunge verloren? Sprich endlich, was ist los!«

Der Soldat schaute Larasan ängstlich an und sagte: »Wie ihr uns befohlen habt, sind wir den Rebellen gefolgt, um zu sehen, was sie in der Stadt wollten. Als sie zur alten Mühle gingen und sie betraten, dachten wir, es könnte sich um einen Treffpunkt der Bande mit einem Informanten handeln. Also warteten wir einige Zeit. Aber als nichts passierte, gingen wir hinein, um nachzusehen.«

»Und? Wo waren sie?«

»Nun, die Mühle war menschenleer. Die Rebellen waren nirgendwo zu sehen. Verzeiht, Herrin!«

»Kehrt ins Hauptquartier zurück! Das wird noch Konsequenzen nach sich ziehen, Hauptmann! Versagt ihr noch einmal, werdet ihr mit eurem Leben dafür bezahlen.

Ihr und eure Männer!«, zischte sie, und der Hauptmann nickte ängstlich.

»Zu Befehl, Herrin!«

Mit einer Handbewegung, als wollte sie Ungeziefer verjagen, ließ sie das Bild des Soldaten verschwinden.

Sie strich mit ihren langen schlanken Fingern den Rand der Schale entlang und starrte in die dunkle Flüssigkeit.

»Daryen, du hast wieder einmal einen Ausweg gefunden. Du wirst immer besser. Aber eines Tages wirst auch du einen Fehler machen, und dann hab ich dich!«, sagte sie mit einer Stimme, die jedem Zuhörer das Blut in den Adern hätte gefrieren lassen.

Larasan konnte sich diesen kleinen Rückschlag erlauben, wusste sie doch, dass sie bald am Ziel ihrer Wünsche war und dass sie am Ende triumphieren würde. Ihre dunklen Augen funkelten, und ein böses Lächeln lag auf ihren Lippen. Die Rebellen sollten schon bald erfahren, was es hieß, sich mit der Finsternis anzulegen.

Kapitel 4

Etwas früher in der alten Mühle.

»Können wir jetzt raus?«, drängte Max.

»Gleich, Max! Und tu mir bitte einen Gefallen, nein, eigentlich zwei! Bitte!«, sagte Daryen gequält.

»Klar, was denn?«

»Sei leise, und geh runter von meinem Zeh!«

»Oh, ’tschuldigung!«

Daryen schob den Kleineren zur Seite und trat einen Schritt vor. In der Mühle war außer ihnen keine Menschenseele mehr.

»Ich glaube, die Soldaten sind weg.«

Um ganz sicherzugehen, lugte er vorsichtig durch ein Fenster, konnte aber niemanden mehr sehen.

»Mann, hatten die eine Ausdauer. Ich dachte schon, die hauen gar nicht mehr ab«, seufzte er.

Vorsichtig kam auch Max aus ihrem Versteck. Er reckte seinen Rücken und massierte seinen Nacken. Das lange Stillstehen war doch recht unangenehm gewesen. Mit jeder Minute, die verstrichen war, war es Max schwerer gefallen, nicht herauszustürmen und alle Soldaten einfach umzuhauen.

Auch Daryen war froh, dass sie ihr enges Versteck endlich verlassen konnten.

»Ich schätze, die sind wir erst mal los«, sagte der Magier und schickte sich an, nach draußen zu gehen.

»Die Sache mit der Wand war ein toller Trick«, sagte Max, während sie die Mühle verließen.

»Ich hab dir doch gesagt, du sollst ein wenig mehr Vertrauen haben«, grinste Daryen.

Max lachte. »Wie sie in der Mühle herumgekrochen sind und alles durchsucht haben, war herrlich!«

Daryen stimmte in das Lachen ein. »Die werden ganz schön Ärger bekommen, wenn sie Larasan mit leeren Händen gegenüberstehen.«

»Man könnte glatt Mitleid mit ihnen haben«, sagte Max.

»Mein Mitleid hält sich in Grenzen. Die hätten auch keins mit uns gehabt, wenn sie uns erwischt hätten«, sagte Daryen kühl.

Dann blickte er kurz in den Himmel und stellte fest, dass es schon recht spät war.

»Los jetzt, wir müssen uns beeilen. Wir sind schon seit einer Stunde überfällig. Kendel macht bestimmt schon die Pferde scheu«, drängte der Magier.

»Wieso sucht er uns nicht einfach mit dieser Gedankenmagie? Er weiß dann, wo wir sind, und alles wäre gut.«

»Ich schätze, Kendel wagt es nicht, um uns nicht in Gefahr zu bringen«, meinte Daryen.

»Was meinst du?«

»Na ja, stell dir vor, wir steckten in Schwierigkeiten und kämpften gerade gegen einige Männer. Er hat wohl Angst, dass er uns aus dem Konzept bringt und wir dann im Kampf einen Nachteil hätten.«

Unerwähnt ließ er das kleine Intermezzo, bei dem Max fast einen Herzstillstand erlitten hatte, als Kendel ihn mit seiner Telepathie »angesprochen« hatte. Dabei hatte der nur versucht, seinen Freund vor dem brüchigen Ufer am Fluss zu warnen. Max war zu nahe an die Kante getreten, und der Schwarzhaarige hatte versucht, es ihm noch rechtzeitig zu »sagen«. Dummerweise hatte sich Max, als er die Stimme Kendels in seinem Kopf hörte – obwohl der ziemlich weit weg von ihm stand –, dermaßen erschrocken, dass er das Gleichgewicht verlor und ins kalte Wasser fiel. Der Telepath hatte ihn im letzten Moment aus dem Fluss retten können, denn Max konnte nicht schwimmen. Was darauf folgte, war eine recht heftige Erkältung. Der Braunhaarige war ein wenig wehleidig, wenn er krank wurde, und hatte seine Freunde fast an den Rand des Wahnsinns getrieben. Schließlich war es Tonsar gewesen, der alle vor Schlimmerem bewahrt hatte, indem er Max ein leichtes Schlafmittel in den Hustentee mischte. Seitdem war Kendel sehr vorsichtig, wenn es darum ging, mit Max per Telepathie zu sprechen.

»Meinst du?«, fragte Max.

»Bestimmt!«, versicherte Daryen.

Dann schaute er sich um. »Vielleicht sind wir auch zu weit entfernt. Kann sein, dass Kendel uns nicht mehr erreichen kann.«

»Dann sag ihm doch jetzt Bescheid, bevor er noch hier auftaucht«, sagte Max beiläufig.

Er wusste, dass Kendel zu einer solchen Aktion durchaus fähig wäre, wenn er sich Sorgen machte. Wahrscheinlich hatten Tonsar und Soltar gerade alle Hände voll zu tun, ihren Anführer im Lager zurückzuhalten. Max hatte ein breites Grinsen im Gesicht, als er sich die Szene vorstellte. Soltar, der auf Kendels Rücken saß, um ihn am Boden festzuhalten, und Tonsar, der auf ihn einredet, dass er ein wenig übertreibt. Kendel verstand keinen Spaß, wenn es um die Sicherheit seiner Freunde und besonders um die Daryens ging.

»Was ist denn so lustig?«, wollte Daryen wissen.

»Och, gar nichts. Hast du Kendel schon erreicht?«, lenkte Max ab.

»Noch nicht.«

Kendel!, dachte Daryen und versuchte, seinen Freund zu erreichen. Doch er bekam keine Antwort. Er konzentrierte sich und versuchte es noch einmal, doch wieder nichts. Daryen schüttelte den Kopf.

»Ich komme nicht bis zu Kendel durch. Wir sollten uns beeilen und auf dem schnellsten Weg zurückgehen.«

»Auf nach Hause«, sagte Max, und sie brachen auf.

Sie hüllten sich in ihre Umhänge und zogen die Kapuzen wieder tief ins Gesicht. Wie Schatten liefen sie durch die Straßen, passierten die Stadttore und ließen Glendal hinter sich. Ihr Weg führte sie in den dichten Wald. Sie folgten dem geheimen Pfad, der sie zum Lager führte.

Als sie eine mächtige Eiche passierten, heulte es plötzlich schaurig auf, und eine furchterregende Fratze schoss aus dem Stamm auf sie zu. Lange Reißzähne in einem triefenden Maul, gelbe Augen und wirres Haar auf einem verformten Kopf ergaben die scheußliche Abbildung eines Rachegeistes. Zumindest wurden sie so in den Sagen und Legenden beschrieben.

Der Magier zuckte nicht einmal, doch Max stieß einen schrillen Schrei aus und stürzte rücklings auf seinen Hosenboden, wo er zähneknirschend sitzen blieb. Daryen brach in schallendes Gelächter aus und keuchte: »Max, wie oft erschreckst du dich noch vor dieser Illusion? Du kennst sie doch.«

»Ich vergesse es immer, und dann schießt dieses Mistding heraus, bevor ich damit rechne«, jammerte Max.

Daryen hatte Mitleid mit seinem armen, gebeutelten Freund und reichte ihm grinsend die Hand, um ihm aufzuhelfen.

»Danke«, sagte Max und klopfte sich den Dreck von seiner Hose.

»Kein Wort zu den anderen, sonst kann ich mir das Geläster von Soltar noch tagelang anhören!«

»Versprochen, kein Wort kommt über meine Lippen!«, sagte Daryen immer noch grinsend, während er sich umwandte und weiter in Richtung Lager ging.

»Diese Fratze sieht aber auch echt fies aus!«, betonte Max noch mal, während sie sich durch das Unterholz schlugen.

»Danke für die Blumen, aber sie soll ja auch neugierige Besucher fernhalten. Solange die Menschen an Geister glauben, helfen diese Tricks doch ungemein.«

»Vielleicht merke ich mir ja auch irgendwann mal, wo sie angebracht sind.«

Daryen lachte leise.

Sie erreichten die kleine Lichtung am Fuß der Felsformation.

»Hallo, jemand zu Hause?«, rief Max, als sie das Lager erreichten.

»Ob die anderen wohl schon für etwas zu essen gesorgt haben? Ich sterbe vor Hunger!«

Max steckte die Nase in die Luft und schnupperte.

»Dass du immer ans Essen denken musst.«

Daryen schüttelte den Kopf und lachte.

»Ich denke nicht immer nur ans Essen!«, protestierte Max.

»Wie schön, dass ihr auch noch mal hier auftaucht!«, sagte eine Stimme aus einem der Baumwipfel. Lautlos landete Kendel hinter ihnen. Er hatte sich an einem blau schimmernden Band abgeseilt und ging auf Daryen und Max zu. Als seine Füße den Boden berührten, schien das Seil in seinem Armschutz zu verschwinden.

Er war etwas größer als Daryen, doch von gleicher Statur. Seine Augen, in der Farbe eines leuchtenden Topases, zeugten von Intelligenz und Wachsamkeit, und seine Bewegungen waren geschmeidig und nahezu lautlos, fast katzenhaft. Kendel trug die nachtblaue Kleidung eines Kriegers und hohe schwarze Stiefel. An seinem Gürtel hing ein Schwert aus einem seltsamen Metall, das im Licht der Sonne schimmerte. Er trug Wurfdolche, und am rechten Armschutz war ein blauer Edelstein befestigt.

»Sei gegrüßt, Kendel«, sagte Max.

»Gab es Ärger in der Stadt?«, wollte der wissen. Jetzt, wo seine Freunde hier waren, wurde er merklich ruhiger.

Daryen legte seinen Umhang ab und sagte: »Nur das Übliche. Larasans Männer haben uns verfolgt, und wir haben sie am langen Arm verhungern lassen.«

Er grinste, als er an die Soldaten dachte, die im Dreck herumgewühlt hatten.

Max prustete. »Ja, Daryen war toll! Wir sind zur alten Mühle gegangen und haben uns dort in einer Nische versteckt. Er hat dann einen seiner Tricks angewandt und diese Dummköpfe nur eine Wand sehen lassen.«

»Und die haben tatsächlich nichts bemerkt?« Kendel lachte, doch dann stutzte er.

»Moment, reden wir hier von der Mühle im Feuerfeld?«

»Ja, warum?«, fragte Daryen verwundert.

Kendel schaute zu Max und meinte: »Du bist freiwillig ins Feuerfeld gegangen?«

»Ja, bin ich!«, sagte Max und schnaubte.

»Na ja, fast freiwillig«, fügte er kleinlaut hinzu.

»Hut ab. Ich hätte nicht gedacht, dass du dort durchgehst«, grinste Kendel.

Max zuckte nur mit den Schultern und wirkte leicht beleidigt.

»Die Soldaten sind euch also bis zur Mühle gefolgt? Und was hat es mit der Wand auf sich?«, fragte Kendel seine Freunde.

»Ich habe in der Mühle eine Nische entdeckt, gerade so groß, dass Max und ich reinpassten. Dann habe ich eine Illusion erzeugt, sodass man nur Mauern sehen konnte. Folglich haben uns die Soldaten auch nicht gefunden, als sie das Gemäuer untersuchten. Die waren ganz schön frustriert, kann ich dir sagen.«

»Warum seid ihr so lange weg gewesen?«, wunderte sich der Schwarzhaarige.

»Diese Typen waren sehr gründlich und haben ewig gebraucht. Ehrlich, die haben jedes Sandkorn umgedreht, bevor sie wieder abgezogen sind«, seufzte Max.

»Wie war es bei euch? Rechnest du noch mit Ärger, oder warum lauerst du bis an die Zähne bewaffnet in den Bäumen?«, fragte Daryen und schaute Kendel skeptisch an.

»Was? Äh, nein, kein Ärger. Es gab auch nichts Besonderes! Wir sind zur Taverne, und Tonsar traf den Informanten, während ich die Augen offen gehalten habe. Aber anscheinend waren alle Soldaten hinter euch her. Wir sind seit guten drei Stunden wieder zurück«, sagte Kendel hastig.

Daryen beließ es dabei, auch wenn er sich über seinen Freund wunderte. Er beschloss, ihn bei der nächsten Gelegenheit darauf anzusprechen.

»Ich hoffe, du hast die Zeit sinnvoll genutzt und für etwas zu essen gesorgt! Ich musste schon Angst haben, von Max verspeist zu werden!«, sagte Daryen und lugte gespielt ängstlich in Max' Richtung.

»Hey, das war jetzt aber nicht nett!«, beschwerte der sich.

»Nein, aber die Wahrheit!«, zwinkerte der Blonde.

Sie gingen lachend in die Höhle, wo auch die anderen schon waren. Max war nicht beleidigt, sondern stimmte in das Lachen mit ein. Er wusste, dass sie ihn nur necken wollten und es nicht böse meinten.

Kapitel 5

Am Feuer saß Tonsar und rührte in einem Topf, der über den Flammen hing. Er kochte einen Eintopf aus verschiedenen Gemüsesorten, Kartoffeln und Kräutern, während auf einem Rost über dem Feuer einige Geflügelkeulen grillten. Es duftete herrlich!

Tonsar war der Älteste von ihnen und hatte schon eine Menge erlebt. Sein Körper war durch unzählige Kämpfe geformt worden, und die vielen Narben zeugten von seinem abenteuerreichen Leben. Sein bereits ergrautes Haar war kurz geschnitten und der graue Bart akkurat gestutzt. Er trug dunkelgraue Kleidung, eine Mischung aus den verschiedensten Stilen. Die Hose gehörte zu einer typischen Soldatenuniform, während Hemd und Schuhe eher zu einem Landarbeiter passten. Tonsar war der Erste der Gruppe, der sich dem Widerstand angeschlossen hatte.

Zuvor hatte er in der Armee eines Herzogs gedient, der sich ziemlich schnell auf die Seite des Fürsten schlug. Als Soldat war er es gewohnt, Befehlen zu gehorchen, doch irgendwann ging es nicht mehr. Er hatte die Gräueltaten der Soldaten mit ansehen müssen und war schließlich desertiert. Menschen, die keine Konsequenzen fürchten mussten, wurden schnell zu mordenden Bestien, und er konnte und wollte nicht mehr Teil einer solchen Armee sein. Fast alle Soldaten seiner Einheit waren zum Fürsten übergelaufen. So hatte er eines Nachts die Chance genutzt und war geflohen.

Tonsar wollte das Unrecht, das seine ehemaligen Kameraden über die Menschen gebracht hatten, wiedergutmachen und kämpfte nun für die Rebellen. In Kendel und

Daryen hatte er zwei Anführer gefunden, die diese Rolle hervorragend ausfüllten. Während der Schwarzhaarige ein exzellenter Stratege und Kommandant war, konnte Daryen durch seine besonnene und vorausschauende Art mögliche Schwachpunkte beim Gegner erkennen und mit Kendel zu einem neuen Plan umarbeiten. Die jungen Männer ergänzten sich schon geradezu unheimlich. Sie hatten auch die Struktur der Rebellentruppen geändert, sodass es ihren Feinden nahezu unmöglich war, sie zu schnappen.

Neben Tonsar saß Soltar. Er war der Jüngste unter ihnen und ein ehemaliger Dieb – nun ja, meistens ehemalig. Hin und wieder konnte er der Versuchung nicht widerstehen und seiner alten Berufung folgen.

Kendel hatte den Jungen vor zwei Jahren in der Stadt getroffen und vor einer Horde Schläger beschützt. Sie hatten ihn beim Stehlen erwischt und wollten ihn gerade totprügeln, als Kendel dazwischenging. Aus Dankbarkeit oder auch Abenteuerlust war Soltar ihm daraufhin gefolgt und hatte sich schnell das Vertrauen von Kendel verdient. Seine Loyalität würde niemand je infrage stellen, und Soltar würde für seine Freunde, die wie eine Familie für ihn waren, alles tun.

Er war auf der Straße groß geworden und kannte weder seine Mutter noch seinen Vater, und bis ihn Kendel unter seine Fittiche genommen hatte, waren Hunger und Kälte seine ständigen Begleiter gewesen. Soltar hatte nie die Prügel und Zurückweisungen vergessen, die ihm die ach so gutbürgerlichen Einwohner widerfahren ließen, und so hielt sich auch sein schlechtes Gewissen in Grenzen, wenn er diese noble Gesellschaft um ihr Geld erleichterte. Er war nicht besonders groß, was ihn manchmal ein bisschen ärgerte. Doch trotz seiner harten Kindheit hatte er ein fröhliches Gemüt und sich den Glauben ans Gute nicht nehmen lassen. Seine Fähigkeiten als Dieb hatten der Schwarzen Maske schon viele gute Dienste erwiesen. Sein liebstes Hobby aber war es, den guten Max in den Wahnsinn zu treiben. Es verging keine Minute, in der sich die beiden nicht wie die Kesselflicker stritten. Max war der große Bruder, den Soltar nie hatte. Und auch wenn es manchmal nicht den Eindruck machte, der eine würde für den anderen durchs Feuer gehen.

Max war zu den Rebellen geflüchtet, nachdem einige marodierende Soldaten den Hof seiner Familie niedergebrannt hatten. Seine Eltern, zwei Brüder und vier Schwestern wurden getötet. Er selber war nicht da gewesen, sonst hätte auch er sein Leben verloren. Als er an diesem furchtbaren Tag nach Hause kam, stand der Hof in Flammen. Die Leichen seiner Familie hatten die Bastarde wie Vogelscheuchen auf den zerstörten Feldern zu Schau gestellt. Er begrub sie in allen Ehren, mehr konnte er nicht mehr für sie tun, und er verließ den Ort, an dem so viel Grausames geschehen war. Am Grab seiner Familie hatte er geschworen, sich an dem Fürsten und seinen Horden zu rächen. Darauf zog Max eine ganze Zeit ziellos durch das Land, unsicher, wie er seine Rache vollenden könnte. In einigen Dörfern hörte er von Rebellen, die in der Nähe leben sollten.

Also beschloss er, sie zu suchen und sich ihnen anzuschließen. Als er eines Abends ein Lager in der Nähe des Waldes aufgeschlagen hatte, wurde er von Kampflärm aufgeschreckt. Er folgte dem Lärm und traf auf eine Gruppe Soldaten, die einen schwarzhaarigen Burschen umzingelt hatten. Der Mann hatte sein Schwert gezogen und hielt seine Gegner auf Abstand. Das Gesicht konnte er nicht erkennen, da die untere Hälfte von einem schwarzen Tuch verborgen war.

Die Soldaten hatten schwer mit ihm zu kämpfen, doch Max konnte sehen, dass der junge Mann langsam an seine Grenzen kam. Es waren zu viele Gegner, und gerade als einer der Soldaten sich von hinten anschleichen wollte, um dem Schwarzhaarigen ein Messer in den Rücken zu jagen, griff Max ein.

Er nahm sich einen dicken Ast und rief: »Hey!«

Der Soldat drehte sich erstaunt um und sah nur noch den Ast, der auf ihn zusauste.

Dann ging er zu Boden. Der junge Mann drehte sich ebenfalls um und sah, dass der Neuankömmling ihn gerettet hatte. Er nickte seinem Retter zu, und mit Max' Hilfe kümmerte er sich um die restlichen Gegner. Die erkannten, dass sie es jetzt mit zwei Feinden zu tun hatten, und zogen sich zurück.

»Das werdet ihr noch bereuen, Abschaum. Wir kriegen euch! Wartet's nur ab!«

Der Schwarzhaarige sah ihnen amüsiert nach und wandte sich dann an Max.

»Danke für deine Hilfe! Mein Name ist übrigens Kendel, nicht Abschaum.«

Max ergriff die ihm dargebotene Hand und erwiderte grinsend: »Ich heiße Max, und gern geschehen.«

»Was treibt dich in diese Gegend?«

Der junge Bauer erzählte seinem neuen Freund, was mit seiner Familie und seinem Zuhause geschehen war. Kendel wirkte kurz abgelenkt, als sein Gegenüber die Geschichte beendet hatte. Er schob die Maske herunter, und Max konnte nun das Gesicht erkennen.

»Wenn du möchtest, kannst du dich uns anschließen«, meinte der Schwarzhaarige.

Der junge Bauer blickte Kendel erstaunt an.

»Heißt das, du gehörst zu den Rebellen?«

Kendel nickte, und Max reichte ihm seine Hand.

»Ich bin dabei. Schlag ein!«

Sie besiegelten ihre neue Freundschaft mit einem Handschlag, und Max begleitete Kendel ins Lager der Rebellen. Als ihr Anführer später den jungen Dieb mitbrachte, erinnerte er ihn sehr an seinen jüngsten Bruder. An diesem Tag legte er noch einen Schwur ab. Niemals wollte er zulassen, dass einem Mitglied seiner neuen Familie Schaden zugefügt würde, solange er es verhindern konnte. Diese fünf Männer, Kendel, Daryen, Max, Tonsar und Soltar, bildeten das Herzstück der Schwarzen Maske.

Die anderen Rebellen lebten zum Teil unerkannt in den Dörfern und Städten und versorgten die Gruppe mit Informationen und den überlebensnotwendigsten Sachen.

Andere führten immer wieder Angriffe auf die dunklen Horden des Fürsten der Finsternis durch. Sie alle standen in ständigem Kontakt zu Daryen und Kendel, den Anführern der Rebellen. Von ihnen bekamen sie ihre Anweisungen und das notwendige Wissen, um die Armeen des Fürsten und seine Versorgungslinien anzugreifen. Das war einer der Gründe, warum die Rebellen es bis jetzt geschafft hatten, nicht ausgelöscht zu werden. Die Angriffe erfolgten immer wieder an verschiedenen Orten und durch verschiedene Gruppen. Selbst wenn es einem Spion gelang, eine Zelle auszumachen und zu verraten, betraf es doch nie den gesamten Widerstand. Keiner der Verbindungsmänner der Rebellen wusste, wo man die Anführer finden konnte: eine weitere Sicherheitsmaßnahme. Die letzten Einsätze hatten gezeigt, dass sie leider auch nötig war. Immer wieder hatten die Männer des Fürsten versucht, ihnen eine Falle zu stellen. Bis jetzt erfolglos.

»Wo seid ihr so lange gewesen?«, fragte Tonsar.

»Du hörst dich an wie ein Kindermädchen!«, stöhnte Max und ließ sich auf einige Kissen fallen.

Bloß weil man im Untergrund lebte, hieß das ja nicht, dass man schlecht leben musste. Die Höhle war gemütlich ausgestattet und hatte alles, was man zum Leben brauchte. Es gab für jeden einen Schlafplatz aus weichen Fellen und Decken. In einem Teil stand ein großer rustikaler Holztisch mit einfachen, aber recht robusten Stühlen, und an der Wand waren Bretter angebracht, auf denen Geschirr, Töpfe und Besteck standen. Öllampen an den Wänden erhellten den ganzen Innenbereich der Höhle, und ein kleiner Bach mit sauberem, frischem Wasser floss durch den hinteren Teil des geräumigen Unterschlupfs. Sogar eine Art Badezimmer hatten die Männer für sich eingerichtet.

»Mann, die anderen sind schon seit einer Ewigkeit zurück! Wir hatten schon Angst, dass Kendel die Stadt stürmt, weil ihr nicht zur vereinbarten Zeit hier wart«, sagte Soltar.

Daryen warf Kendel einen erstaunten Blick zu, doch der zuckte nur mit den Schultern.

»DU bist ja nicht mal mit in der Stadt gewesen, um die Soldaten auf eine falsche Fährte zu locken. Also halt deinen vorlauten Mund, Rotzlöffel!«, maulte Max den jungen Dieb an.

Er war aufgestanden und zu Tonsar ans Feuer getreten, wo auch Soltar auf das Essen wartete. Daryen verkniff sich ein Grinsen und fragte an Tonsar gewandt:

»Was gibt es zu essen?«

»Das Gleiche wie gestern!«, sagte Soltar und nahm sich eine Geflügelkeule, wobei er Max den Rücken zudrehte.

Er wollte grade hineinbeißen, als Max rief:

»Hmmm, das riecht hervorragend!«, und ihm die Keule aus der Hand riss.

Hungrig biss er in das dampfende Fleisch.

»Hey, das ist meins!«, schimpfte der Dieb und sprang auf.

Max und Soltar standen sich gegenüber und funkelten einander giftig an.

»Wieso, steht da etwa dein Name drauf?«, fragte Max kauend und biss erneut herzhaft zu.

Soltar schaute ihn noch einmal böse an und nahm sich etwas anderes zum Essen. Dann setzte er sich an den Tisch und begann das leckere Mahl zu verschlingen. Max setzte sich daneben, und für einen wunderbaren Augenblick herrschte Ruhe. Auch Daryen nahm sich etwas und merkte, dass er eigentlich genauso hungrig war. Nachdem sie gegessen hatten, machten sich Max und Soltar auf den Weg, neues Feuerholz zu sammeln, nicht ohne sich weiter mit lauter Nettigkeiten zu bewerfen, während Tonsar das Geschirr einsammelte und reinigte. Er war diese Woche mit Küchendienst dran, was die Stimmung der anderen im Lager enorm anhob. Bei Tonsar konnten alle immerhin sicher sein, dass niemand wegen eines verdorbenen Magens oder diverser Schnittverletzungen ausfiel. Max war zwar ein wahrer Meister im Bedienen seiner Axt, aber gab man ihm ein Küchenmesser in die Hand, artete es schnell mal in einer Katastrophe aus. Die anderen brachten einige einfache Gerichte zustande, aber kulinarische Höchstleistungen waren es beileibe nicht.

Der Braunhaarige versuchte gerade, den Dieb am Kragen zu packen, doch der entwischte, indem er sich wegduckte, sodass Max ins Leere griff. Lachend rannte Soltar vor.

»Ich habe dir schon hundertmal gesagt, dass du mich nicht Grottenolm nennen sollst, du kleiner Wichtel!«, brüllte Max Soltar hinterher.

»Wage es noch einmal, mich Wichtel zu nennen, und ich packe ein paar Feuerdisteln in deine Stiefel!«, konterte der.

»Warte nur, wenn ich dich in die Finger kriege, frecher Balg!«

»Du lahme Ente bist doch viel zu langsam.«

»Geben die denn nie Ruhe!«, seufzte Kendel und schüttelte den Kopf.

Daryen lachte und folgte mit ihm den Streithähnen nach draußen.

»Also, Grottenolm hat Soltar den guten Max noch nie genannt«, lachte er.

»Erinnere mich daran, in nächster Zeit meine Stiefel auszuschütteln, bevor ich sie anziehe!«, sagte Kendel und hielt mit Daumen und Mittelfinger seinen Nasenrücken, während er seine Augen schloss.

Das tat er immer, wenn ihm etwas oder jemand auf die Nerven ging.

»Warum?«, fragte Daryen amüsiert.

»Wer weiß, ob Soltar bei seinen Aktionen nicht versehentlich die falschen Stiefel erwischt.«

Kendel hatte seine Hand wieder sinken lassen und schaute den Jüngeren hinterher.

»Ja, da ist was dran«, stimmte ihm der Blonde zu und machte sich in Gedanken eine Notiz, dem Beispiel Kendels zu folgen und seine Stiefel vor dem Anziehen auszuschütteln.

Als sie an einer etwas abgelegenen Stelle ankamen, blieben sie stehen. Daryen lehnte sich an einen Baum und sah Kendel an.

»Also gut, raus mit der Sprache, was war vorhin los?«, fragte er ohne Umschweife.

»Was meinst du?«

»Kendel, ich kenne dich schon etwas länger, und dein Verhalten vorhin war, gelinde gesagt, merkwürdig. Also?«

Kendel zögerte kurz und sagte dann: »Ich weiß es auch nicht. Mein Bauchgefühl sagte mir, dass Larasan in die Sache verstrickt ist. Als ihr dann nicht zum vereinbarten Zeitpunkt zurück wart, hatte ich Angst, dass sie euch geschnappt hat.«

»Du wirst doch nicht langsam paranoid, oder?«, neckte ihn Daryen.

»Was heißt hier langsam werden? Ich stecke schon mittendrin, wenn es um dieses Miststück geht«, sagte Kendel und verdrehte die Augen.

»Hoffen wir mal, dass es wirklich nur ein dummes Gefühl war und sie nicht irgendwo hier in der Nähe ist«, sagte der Blonde, und sein Freund nickte.

»Das hoffe ich auch!«

»Aber immerhin stimmten die Informationen, dass sich Soldaten verkleidet auf die Lauer legen, um uns zu finden. Eigentlich recht schmeichelhaft, dass sich die Kerle extra in Schale werfen, nur für uns«, meinte Kendel launig.

»Oder beunruhigend. Wer weiß, was sie als Nächstes tun werden«, seufzte Daryen.

»Nun, was hat Quell herausgefunden?«, fragte er dann,

um auf den eigentlichen Grund für die ganze Aufregung zu kommen.

Kendel zuckte mit den Schultern. »Nicht viel. Laut seinen Informationen wurden der Graf und seine Frau tatsächlich nach Burg Kardia gebracht. Die Soldaten sind zum größten Teil von der Burg abgezogen worden, um die Übergriffe am Gebirgspass zu verhindern. Im Ganzen sollen sich nur noch rund fünfzig Mann in der Burg aufhalten. Anscheinend rechnet niemand damit, dass jemand dem Grafen helfen könnte. Der Fürst hat ihre Hinrichtung für Ende des Monats angedroht. Viel Zeit bleibt uns also nicht mehr.«

»Die Gelegenheit ist günstig. Solange nur so wenig Soldaten in der Burg sind, haben wir eine reelle Chance. Das wird nicht ewig so bleiben.«

Kendel entnahm einer Tasche einige Schriftstücke und gab sie Daryen.

Als der eines davon in die Hand nahm, fühlte er ein kurzes Aufflackern von Magie. Zu kurz, um es zu identifizieren, aber dennoch da. Doch so unvermittelt, wie er es wahrgenommen hatte, hatte sein Bewusstsein es auch wieder verdrängt.

Neben einer Aufstellung der Soldatenanzahl und einer Auflistung der Wachposten mit Ablösungsturnus gab es auch eine Karte der Burg. Er warf nur einen Blick auf den Plan, da er sich sicher war, dass Kendel sich den Rest bereits angeschaut hatte.

»Die Burg liegt an einer Bergklippe. Man kann also nur von der Westseite hereinkommen. Wie stark sind die Befestigung und die Anzahl der Wachen?«

Kendel zeigte auf den Plan und meinte: »Es sind immer acht Mann am Tor. Alle sechs Stunden wird die Wache abgelöst. Die einzige Möglichkeit, ungesehen hereinzukommen, wäre ein Geheimgang an der Ostseite. Der führt direkt ins Innere der Burg – oder wir könnten an der östlichen Wand hochklettern. Allerdings hätten wir nur ein kurzes Zeitfenster, bevor die Wachen dort entlangkommen.«

»Wie hoch ist die Mauer, und wie viel Zeit hätten wir, hochzuklettern?«

»Wenn wir diese Stelle nehmen, wären es knapp zehn Meter. Dafür hätten wir zirka zehn bis fünfzehn Minuten. Das könnte klappen.«

»Aber?«, hakte Daryen nach.

Kendel blickte nachdenklich drein: »Wo ist der Haken?«

»Was meinst du?«

»Du weißt genau, was ich meine. Das Ganze riecht nach einer Falle. Die geringe Anzahl der Soldaten, ein Geheimgang, es ist irgendwie zu einfach.«

Daryen nickte und meinte: »Sicher, es könnte eine Falle sein, aber hat uns das je abgehalten? Wir finden es nur heraus, wenn wir hingehen und nachsehen! Außerdem haben wir nicht mehr viel Zeit, unsere Freunde zu retten.«

»Quell sprach von einem Generalschlüssel, den ein Handlanger des Fürsten besitzen soll. Damit ließe sich der Alarm ausschalten, und wir könnten unbemerkt in die Burg kommen«, sagte Kendel.

»Ist der Kerl in erreichbarer Nähe?«, wollte Daryen wissen.

»Er lebt in der Stadt. Vielleicht sollten wir ihm heute Nacht einen Besuch abstatten. Das könnte uns das Klettern ersparen.«

»Gute Idee!«, sagte Daryen, den die Aussicht auf eine Kletterpartie an einem steilen Bergabhang nicht gerade mit Vorfreude erfüllte.

»Wenn wir uns gleich auf den Weg machen, kommen wir noch in die Stadt rein, bevor die Tore geschlossen werden.«

»Wer ist denn der glückliche Gewinner eines Einbruchs?«, fragte Daryen.

»Gorik.«

Daryen nickte und ging in die Höhle zurück. Er schnappte sich seinen und Kendels Umhang und ihre Masken. Nach kurzer Überlegung nahm er dann auch noch die Lederhandschuhe mit.

»Tonsar! Kendel und ich besorgen den Schlüssel. Haltet ihr hier die Stellung. Und pass auf, dass die beiden Streithähne sich nicht wehtun«, sagte Daryen und schüttelte den Kopf, wobei ein leichtes Grinsen auf seinem Gesicht erkennbar war.

»Geht klar. Seid vorsichtig!«

»Sind wir doch immer«, sagte er, als er nach draußen ging.

»Das wäre das Neuste, was ich höre!«, brummte Tonsar, während er das Geschirr ins Regal stellte.

Kapitel 6

Draußen gab er Kendel seine Sachen. Sie machten sich auf den Weg und erreichten die Stadttore, kurz bevor diese für die Nacht geschlossen wurden. Unter den Kapuzen ihrer Umhänge konnte man die Gesichter kaum erkennen. Das reichte für den Augenblick, um unerkannt durch die Straßen zu kommen. Ihre Masken würden sie erst später brauchen, also trugen sie sie wie ein Tuch um den Hals.

Am Tor war noch recht viel los, und die Rebellen warteten geduldig in der Menschenschlange, bis auch sie am Wachposten standen. Eine der Stadtwachen gehörte zu den Rebellen. Er trug einen Anhänger aus Jakis, einem schwarzen Halbedelstein, der mit silbernen Linien durchzogen war. Der Anhänger stellte einen Wolf dar. Es war das Erkennungszeichen der Rebellen, und der Wachmann erkannte in Kendel und Daryen Mitstreiter, da auch sie ein solches Zeichen trugen: Kendel hatte einen auf seinem rechten Handschuh, und Daryen trug ihn als Verschluss-Spange seines Umhangs. Der Wachmann zwinkerte ihnen zu. Unauffällig gingen sie zu ihm, und er tat so, als kontrollierte er sie.

»Wo wollt ihr denn heute noch hin?«, fragte er sie so laut, dass sein Kollege ihn hören konnte.

»Wir müssen noch was erledigen. Sag mal, du weißt nicht zufällig, wo heute die Patrouillen langgehen?«, fragte Daryen leise.

»Nun, rein zufällig habe ich gehört, dass sie im westlichen Viertel unterwegs sein werden«, grinste der Wachmann.

»Trifft sich gut. Wie geht es der Familie?«

»Hervorragend! Das Medikament, das du mir gegeben hast, hat wahre Wunder vollbracht. Die Kleine ist wieder gesund und munter. Bestellt Tonsar noch mal Dank von uns. Ohne seine Kräutermischung hätte meine Tochter das Fieber bestimmt nicht überstanden.«

»Freut uns zu hören. Wir werden es Tonsar ausrichten!«, sagte Daryen lächelnd.

»Seid vorsichtig. Der ganze verdammte Ort ist von Soldaten und Spionen nur so überlaufen. Selbst in der Stadtwache haben wir mittlerweile einige von den Mistkäfern.«

»Wir werden vorsichtig sein. Danke für die Warnung«, flüsterte Kendel.

Als die andere Wache misstrauisch zu ihnen herübersah, gingen sie schnell weiter und waren im Getümmel der Straßen verschwunden, bevor der Mann sie ansprechen konnte.

»Wer war das?«, fragte er seinen Kollegen schroff.

»Was interessiert dich das?«

»Die beiden wirkten verdächtig. Man hätte sie zur genaueren Befragung ins Wachhaus bringen lassen müssen.«

»Es waren zwei harmlose Burschen, die wissen wollten, ob das Gerücht stimmt, dass die ›Nachtigall‹ geschlossen wurde.«

Der andere blickte noch etwas finster drein, beließ es dann aber dabei.

Die Rebellen hatten sich schnell davongemacht, als sie die Aufmerksamkeit der anderen Wache auf sich spürten. Sie verschwanden in einer kleinen Gasse und versteckten sich in den Schatten, bei einem aufgestapelten Holzstoß. Als es dunkel war, zogen sie die Masken an, und Kendel trat an die Rückseite eines Hauses. Er schätzte kurz die Entfernung zum Dach und suchte nach einer geeigneten Stelle, ein Seil zu befestigen. In einem Balken, der ein wenig unter den Dachziegeln hervorschaute, fand er ein Ziel. Er hatte seinen rechten Arm etwas erhoben und konzentrierte sich. Der blaue Edelstein an seinem Armschutz leuchtete schwach auf, und ein Seil schoss aus ihm hervor. Es wickelte sich um den hervorstehenden Dachbalken. Kendel zog fest daran, um zu prüfen, ob es auch richtig verankert war. Dann kletterte er daran hoch. Daryen folgte ihm. Als beide sicher auf dem Dach standen, ließ Kendel das Seil wieder in dem Edelstein verschwinden. Über die Dächer konnten sie sich schneller und ungesehen fortbewegen. Daryen hätte zwar ihr äußeres Erscheinungsbild mit Magie ändern können, aber das hätte ihn auch sehr angestrengt, und so war es in diesem Fall einfacher. Sie konnten schnell und ohne auf Soldaten und Wachen Rücksicht zu nehmen, ans Ziel gelangen. Die Masken bedeckten den unteren Teil ihrer Gesichter, und die dunkle Kleidung ließ sie praktisch mit der Nacht verschmelzen. Allen kleinen Gruppen von Rebellen, die nach wie vor in den Dörfern und Städten lebten, dienten Masken wie diese dazu, unerkannt zu bleiben. Dem Umstand, dass jeder sie erkennen konnte, hatten sie Larasan zu verdanken.

Kapitel 7

Der Hexe war es einst gelungen, die beiden Anführer der Schwarzen Maske in einen Hinterhalt zu locken. Sie hatte ihnen die gefälschte Information zukommen lassen, die Tochter eines abgesetzten Fürsten sei von Menschenjägern entführt worden, um sie an den Meistbietenden zu verkaufen. Ein Verbrechen, das diese beiden noblen Helden bestimmt nicht ungestraft lassen würden. Wer könnte schon dem verzweifelten Flehen eines Vaters nach Hilfe bei der Rettung seiner Tochter eine Absage erteilen? Zumal es sich angeblich um eine bezaubernde junge Dame von liebreizender Schönheit handelte. Welcher Mann würde da nicht gern den Retter spielen? Kendel und Daryen hatten den Informanten am Rande der Stadt getroffen. Da sie nicht wussten, ob sie ihm trauen konnten oder ob sie auf Soldaten treffen würden, hatten sie ihre Masken angezogen.

Der Spion hatte die Rebellen in eine einsame Gegend gelockt, wo die Falle zuschnappen sollte, wobei aber dieser Mann selbst nicht genau wusste, was passieren würde. Denn Larasan hatte Gerüchte vernommen, dass einer der Anführer die Gedanken seiner Feinde lesen konnte. Daher hatte sie ihrem Handlanger nur die Informationen zukommen lassen, die bei einer genauen Prüfung die Geschichte bestätigen würden. Er hatte viel Geld dafür bekommen, an die Rebellen heranzutreten und sie an diesen Ort zu führen. Sie ritten zusammen mit dem Informanten an die Stelle, wo die Menschenhändler sich treffen wollten.

»Seid Ihr sicher, dass das Treffen der Menschenhändler hier stattfinden soll?«

Kendel schaute sich um und sah ...

Nichts! Kein Lager, kein Feuer, nicht mal einen Wagen oder ein einzelnes Zelt.

»Natürlich, Herr! Habt nur noch ein wenig Geduld.«

»Aber hier ist kein Lager!«, sagte Daryen und schaute sich ebenfalls um.

Auch er war misstrauisch.

»Die Kerle werden erst später hier auftauchen. Dann könnt ihr sie euch greifen!«, sagte der Informant.

Kendel schaute den Mann, der sie hergebracht hatte, warnend an.

»Die Gegend ist ziemlich einsam, findet Ihr nicht?«

Sie befanden sich am Rande eines kleinen Waldes. Es gab hier in der Nähe keine Siedlungen oder Höfe, und keine Menschenseele war zu sehen.

»Einen solchen Handel schließt man ja nicht in einer belebten Taverne ab, oder?«, fragte der Mann und lachte nervös.

»Nein, wahrscheinlich nicht«, stimmte ihm Kendel nachdenklich zu und drang in die Gedanken des Mannes ein, doch er fand nichts Verdächtiges. Er konnte sehen, dass dieser Mann viel Geld bekommen hatte, um sie aufzusuchen und um Hilfe zu bitten. Kendel sah in den Gedanken einen Mann in schäbiger Lederkleidung, der sich anscheinend mit jemand unterhielt, der im Schatten blieb. Offensichtlich war das jenes Treffen, das ihr Informant belauscht hatte und das er dem Vater gemeldet hatte. Nichts Auffälliges, also zog sich Kendel aus den Gedanken des Mannes zurück. Die Rebellen und der Spion stiegen von ihren Pferden, und Kendel gab seinem Rappen einen leichten Klaps. Die Pferde rannten in den Wald und ließen ihre Besitzer zurück. Am Horizont ging langsam die Sonne unter und tauchte die Landschaft in ein rotes Licht.

»Lasst uns weiter zu den Felsen gehen!«, sagte der Spion und deutete in Richtung einiger Hügel.

»In Ordnung!«

Plötzlich erstarrte Kendel und zischte: »Das ist eine Falle. Ich spüre die Präsenz von Soldaten. Und nicht wenige!«

Bevor sie auch nur reagieren konnten, suchte der Verräter Deckung, und wie aus dem Nichts tauchten Larasans Soldaten auf. Sie hatten sich hinter den Felsen und in Erdlöchern versteckt und auf die Rebellen gewartet. Wütend stellten die jungen Männer fest, dass man sie eingekreist und ihnen somit auch den Rückweg in den Wald abgeschnitten hatte. Kendel und Daryen zückten ihre Waffen und versuchten, sich ein Bild von der Lage zu machen. Soweit sie es einschätzen konnten, waren es mehr als zwanzig Soldaten. Die beiden Rebellen warteten nicht darauf, dass ihre Gegner den ersten Angriff vollführten, sondern schlugen zuerst zu. Aber die Übermacht war zu groß.

Larasan hatte das Geschehen aus sicherer Entfernung von einem Hügel aus beobachtet. Ihre Soldaten hatten die Männer schließlich eingekesselt und hielten sie nun mit ihren Waffen in Schach. Doch der Preis war hoch gewesen. Etliche Soldaten lagen tot oder verletzt auf der Erde. Die Hexe beschloss, sich die Rebellen aus der Nähe anzusehen.

Sie ging langsam vom Hügel hinab und auf ihre Soldaten zu. Daryen und Kendel standen Rücken an Rücken und behielten ihre Gegner im Auge. Plötzlich sah Kendel eine hochgewachsene Gestalt aus Richtung der Hügel kommen. Es war eine Frau, so viel konnte er bis jetzt erkennen. Ihre langen schwarzen Haare wurden sanft vom Wind bewegt.

Als sie den Kreis der Soldaten erreicht hatte, machten ihr die Männer respektvoll Platz, und sie betrat den Schauplatz. Die Frau trug ein sehr enges schwarzes Kleid mit einem tiefen Dekolleté, das ihre schlanke, grazile Gestalt zur Geltung brachte. Das Weiß ihrer makellosen Haut bildete einen harten Kontrast zu dem dunklen Stoff ihres Kleides. Ein blutroter Umhang hing über ihre schmalen Schultern. Die Schöne schaute ihre beiden Gefangenen hochmütig an.

»Sieh mal an, wer in unsere kleine Falle getappt ist«, lachte sie.

»Falle? Ihr wollt doch nicht behaupten, dass es gar kein Fräulein in Nöten gibt?«, erwiderte Kendel mit gespieltem Entsetzen.

»Hast du gehört, Daryen, diese Schufte haben uns reingelegt. Wie unhöflich!«

»Ja, wirklich sehr unhöflich!«, stimmte ihm Daryen zu und drehte sich um, sodass er neben Kendel stand. Er erblickte nun auch die Frau, die ihnen diese nette kleine Falle gestellt hatte.

»Oh, ihr habt diese kleine Geschichte geglaubt? Wie süß«, gurrte sie.

»Clever eingefädelt. Wer hat den Mann denn nun tatsächlich beauftragt? Ihr?«

»Das ist unwichtig. Wir wollten nur sichergehen, dass du mit deiner Telepathie nicht den ganzen Spaß verdirbst.«

Kendel verbeugte sich und sagte mit beißendem Spott: »Gratuliere, meine Dame!«

Larasan betrachtete die beiden Rebellen, und was sie sah, machte sie neugierig. Der Größere hatte Haare, so schwarz wie das Gefieder eines Raben, die des anderen glichen einem Wasserfall aus Sonnenlicht. Beide Männer hatten den athletischen Körperbau von geübten Kriegern, und Larasan wusste, man sollte nicht den Fehler machen, sie zu unterschätzen. Sie hatte die beiden im Kampf mit den Soldaten gesehen, und es war ihren Männern trotz der Überzahl nicht leichtgefallen, sie zu überwältigen. Auch jetzt waren ihre Gefangenen noch nicht bereit aufzugeben. Sie konnte die Gesichter nicht erkennen, da sie bis auf die Augenpartie von Halbmasken verdeckt waren.

Larasan trat näher an die Rebellen heran. Der Schwarzhaarige blickte ihr ohne Angst entgegen. Noch nie hatte die Hexe Augen in einem so leuchtenden Blau gesehen. Wie der reinste und strahlendste Topas. Sein Partner dagegen hatte Augen wie tiefgrüne Smaragde, und auch er wirkte nicht sonderlich besorgt.

»Ihr seid also Kendel und Daryen?«, fragte sie neugierig.

Der Schwarzhaarige funkelte sie wütend an und sagte: »Wer will das wissen?«

Larasan lachte.

»Mein Name ist Larasan. Ich denke, ihr wisst, wer ich bin.«

Zu ihrem Erstaunen machte ihr Name den beiden nicht die geringste Angst.

»Was wollt ihr? Ihr habt diese kleine Scharade bestimmt nicht zum Spaß aufgezogen!«, sagte der Blonde jetzt schon fast ein wenig gelangweilt.

Larasan blinzelte verwirrt. Das war ihr bis jetzt noch nie passiert. Die Männer, die ihr bis dahin begegnet waren, lagen ihr entweder zu Füßen und verehrten sie oder waren starr vor Angst und Entsetzen. Diese unverschämten Kerle taten weder das eine noch das andere. Sie waren völlig unbeeindruckt und hatten ihre im Moment ohnehin nutzlosen Waffen weggesteckt. Der Schwarzhaarige hatte seine Arme vor seinem Oberkörper verschränkt und schaute Larasan unbekümmert entgegen. Auch der Blonde schien eher ungehalten als verängstigt. Das konnte interessant werden.

»Klug erkannt. Ihr habt eine Menge Staub aufgewirbelt bei euren letzten Aktionen! Der Fürst ist nicht erfreut darüber«, sagte sie drohend.

Kendel warf ihr einen verächtlichen Blick zu und lächelte unter seiner Maske. Daryen lachte leise, als er an besagte Aktionen dachte. Er konnte sich denken, dass der Verlust von vier Karawanen mit sehr wertvoller Ladung keine erfreuliche Angelegenheit war. Ach ja, und die Rückeroberung von Schloss Tiral hatte dem Fürsten bestimmt auch nicht gefallen.

»Ihr scheint euch nicht im Klaren zu sein, was euer Handeln für Konsequenzen nach sich ziehen wird«, fauchte Larasan jetzt.

»Uh, mir schlottern schon die Knie. Müssen wir jetzt ohne Abendessen ins Bett?«, fragte Kendel, und in seinen Augen funkelte der Schalk.

Larasan traute ihren Ohren nicht, als sie die Worte des Schwarzhaarigen vernahm. Daryen verdrehte die Augen, konnte sich ein Grinsen aber nicht verkneifen. Der Gesichtsausdruck der Hexe, als sie Kendels frechen Kommentar hörte, schien beide sehr zu amüsieren. Sie wirkten vollkommen unbeeindruckt von ihrer Drohung. Larasan musste zugeben, dass diese Rebellen anfingen, sie zu interessieren.

»Wollen wir doch mal sehen, wer sich hinter den Masken versteckt!«

Sie gab einem Soldaten den knappen Befehl: »Entfern die Masken.«

»Sehr wohl, Herrin!«

Der Soldat trat an die Rebellen heran und riss zuerst Kendel die Maske herunter.

Larasan konnte jetzt sein Gesicht erkennen, und was sie sah, machte sie sprachlos.

Eine wahre Augenweide bot sich ihr.

Edle Gesichtszüge, mit hohen Wangenknochen und sinnlichen Lippen. Die Augen wurden durch dunkle Wimpern eingerahmt und strahlten dadurch noch mehr. Ein spöttisches Lächeln lag auf den verführerischen Lippen, und gebannt starrte sie in die topasblauen Augen, in denen jetzt ein gefährliches Glitzern lag.

»Was für ein erfreulicher Anblick. Schauen wir doch mal, was dein Freund zu bieten hat.«

Auch bei Daryen wollte der Soldat die Maske herunterreißen, doch der wollte sich ihm entziehen. Der Soldat schlug ihm ins Gesicht, um die Bedeckung dann mit einem Ruck wegzuzerren. Der Schlag hatte Daryen so heftig getroffen, dass sein Kopf zur Seite gerissen wurde und Larasan zunächst nur einen Teil erkennen konnte. Langsam drehte Daryen ihr sein Gesicht zu und funkelte sie wütend an. An seinem Mundwinkel war Blut zu sehen, und er wischte es mit einer wütenden Handbewegung weg.

Der Hexe stockte für einen kurzen Moment der Atem. Auch Daryen sah unglaublich gut aus. Der blonde Mann hatte ein gleichmäßiges, hübsches Gesicht, und seine smaragdgrünen Augen wurden von langen Wimpern umrahmt. Eine schmale Nase und fein geschwungene Lippen gaben ihm das Aussehen eines Engels.

Die beiden Männer waren wie Licht und Schatten. Die Rebellen würden ihr gehören. Diesen Entschluss fasste Larasan im selben Moment, als sie beider Gesichter sah.

»War das nötig? Ich mochte meine Maske«, sagte Kendel.

»Warum versteckt ihr euch überhaupt hinter diesen albernen Dingern? Dazu besteht nun wirklich kein Anlass.«

»Wir bleiben nun mal lieber inkognito, auch wenn es damit wohl jetzt vorbei ist, befürchte ich!«, seufzte Kendel.

Larasan lächelte hinterhältig und begann heimlich einen Zauber zu weben. In ihre Augen schlich sich ein leichtes rotes Glühen, und mit einer honigsüßen Stimme sagte sie: »Warum kommt ihr nicht zu mir? Ich könnte euch das Paradies auf Erden zeigen. Folgt mir.«

Diese Sirenenstimme schlug sonst jeden Mann in ihren Bann. Die Rebellen würden schon bald unter ihrem Zauber stehen und ihr willenlos gehorchen. Doch anstatt sich dem Zauber zu ergeben, blieben sie stehen, und Kendel schüttelte lächelnd den Kopf.

»Netter Versuch, aber wir verzichten!«

»Was? Wie könnt ihr ...?«, zischte Larasan entsetzt darüber, dass ihr Bann erfolglos blieb.

Das war unmöglich! Niemand konnte sich ihrem Zauber widersetzen.

»Oh, nicht traurig sein, aber wir müssen Euer Angebot leider ablehnen. Nicht wahr, Daryen?«

»Tja, was soll ich sagen, wir passen einfach nicht zusammen«, grinste Daryen die hübsche, aber düstere Frau an.

Was Larasan nicht wusste, war, dass Daryen den Zauber erkannt hatte, den sie nutzen wollte. Er hatte Kendel gewarnt, und der hatte einen Schutzschirm um sein und Daryens Bewusstsein gelegt. Dann hatte der Magier einen Gegenzauber gewirkt und Larasans Spruch neutralisiert. Der Zauber der Hexe konnte ihren Geist somit nicht erreichen. Larasan hatte sich schnell wieder gefasst, und obwohl sie gerade eine kleine Niederlage erlitten hatte, blieb sie siegessicher. Da ihr die Rebellen nicht freiwillig folgten, würden sie es eben unfreiwillig tun. Dafür würden ihre Soldaten schon sorgen. Wenn sie sie erst einmal in ihrem Laboratorium hätte, könnte sie sich intensiver mit ihnen beschäftigen.

»Ihr habt uns genug Ärger bereitet. Jetzt müsst ihr die Folgen tragen«, sagte sie und war sich ihrer Sache sehr sicher.

»Oh, wir haben noch gar nicht richtig angefangen, euch Ärger zu bereiten«, antwortete Kendel und lächelte die Hexe frech an.

»Ihr sitzt in der Falle, meine Süßen. Was wollt ihr denn dagegen tun, dass wir euch mitnehmen und in eine nette kleine Kerkerzelle sperren?«

Die Hexe war sich ihrer Sache sehr sicher.

Oder in mein Schlafzimmer!, dachte sie und schaute gierig auf Kendel und Daryen.

Daryen fing ihren Blick auf und dachte an Kendel gewandt: *Man könnte meinen, sie will uns mit ihren Blicken verschlingen. Sie macht mir ein wenig Angst, muss ich gestehen. Wir sollten zusehen, dass wir von hier verschwinden. Und zwar zügig!*

Wenn du hören könntest, was sie gerade denkt, dachte wiederum Kendel, *wüsstest du, dass deine Angst begründet ist.*

»Wieso?«

Sie hat in Gedanken die Kerkerzelle durch ihr Schlafzimmer ersetzt …

Taktischer Rückzug!, schlug Daryen vor.

Die beiden Männer nickten einander kurz zu.

Dann meinte Daryen: »Tut uns leid, aber wir müssen Eure Einladung leider ablehnen. Kerkerzellen sind nicht gut für unsere Gesundheit. Nichts für ungut.«

Im selben Augenblick gab Daryen den Zauber frei, den er unbemerkt gewoben hatte, und das Chaos brach los. Energieblitze schlugen ein und ließen Larasans Soldaten durch die Luft wirbeln. Einige wurden getroffen und brachen zusammen. Kendel und Daryen nutzten das entstandene Chaos, um zu fliehen. Die von der Energie zurückgeschleuderten Soldaten gaben einen Durchgang für sie frei, und sie stürmten davon. Diese Aktion hatte Larasan völlig überrumpelt, und instinktiv hielt sie sich schützend die Arme vors Gesicht.

Kendel und Daryen versuchten so viel Abstand wie möglich zwischen sich und ihre Gegner zu bringen. Der Telepath stieß einen lauten Pfiff aus, und aus dem Nichts tauchten ihre Pferde auf und liefen auf ihre Herren zu. Bevor die Soldaten wussten, was überhaupt los war, schafften die Rebellen es, auf ihre Pferde zu springen. Sie preschten auf den nahe gelegenen Wald zu. Einige Soldaten versuchten die Flüchtenden mit Pfeilen zu treffen.

»Aufhören! Sie dürfen nicht verletzt werden!«, schrie Larasan ihre Männer an.

Sofort stellten sie den Angriff ein.

»Lauft nur, meine Süßen. Ich werde euch schon noch einfangen«, flüsterte sie, als sie ihren Gegnern hinterhersah.

Auch wenn sie der Männer dieses Mal nicht habhaft werden konnte, so hatte sie doch immerhin den Beweis erlangt, dass beide über besondere Gaben verfügten. Das würde den Fürsten mit Sicherheit brennend interessieren.

Ein Magier und ein Telepath, eine interessante Mischung. Und eine gefährliche dazu. Kein Wunder, dass ihre Soldaten solche Schwierigkeiten mit den Rebellen hatten.

Seit diesem Tag verfolgte die Hexe die beiden Männer mit einer Hartnäckigkeit, der Kendel und Daryen bald schon überdrüssig waren. Ärgerlich war, dass ihre Gegner nun auch Gesichter zu den Namen der Rebellenanführer kannten, was deren Leben nicht unbedingt leichter machte.

Kapitel 8

Gerade als sie an einer Stelle über die Dächer springen mussten, löste sich ein Ziegel unter Kendels Füßen und fiel auf den Gehweg unter ihnen. Das knallende Geräusch zerriss die Stille.

»Vorsicht!«, zischte Daryen.

Die beiden Rebellen verschwanden schnell in die Schatten, wobei sie ihre Umhänge um sich zogen. Unten in einer der Wohnungen ging eine Tür auf, und ein Mann trat auf die Straße. Als er den herabgestürzten Ziegel sah, blickte er zum Dach hinauf. Doch er konnte die Männer in der Dunkelheit nicht erkennen. Aus der Wohnung hörten die beiden eine weibliche Stimme.

Der Mann sagte: »Ein Dachziegel ist runtergefallen. Muss sich wohl beim letzten Sturm gelöst haben. Ich werde morgen mal nachsehen, ob noch mehr locker sind.« Mit diesen Worten ging er ins Haus zurück.

»Das war knapp«, flüsterte Kendel.

»Los, weiter!«, meinte Daryen.

Lautlos überquerten sie die Dächer und erreichten bald das Haus des Informanten. Es lag in einem der reichen Viertel, ein dreistöckiges Gebäude mit großen Fenstern. Die Außenwände waren alle weiß getüncht und die Fensterläden in einem dunklen Grün gestrichen. Alles wirkte sehr gepflegt und sauber. Hinter der schmucken Behausung befand sich ein großer und prächtiger Garten, der von einer Mauer umgeben war. In der Mitte des Gartens plätscherte ein üppiger Brunnen, gepflasterte Wege durchzogen die Anlage.

Sie beobachteten das Haus vom Dach des gegenüberliegenden Gebäudes und konnten hinter einigen Fenstern noch Licht erkennen. Es war noch nicht so spät, und offensichtlich waren auch noch einige Bewohner wach, aber darauf konnten sie jetzt keine Rücksicht nehmen. Unten am Eingang erkannten sie Wachposten, zwei große, bullige Kerle. Vier weitere patrouillierten in Zweierteams um das Haus.

Anscheinend ist unsere Zielperson ein ängstlicher Typ, meinte Kendel zu Daryen.

Wär ich auch bei dem Arbeitgeber!

Für ihre nächtliche Mission hatte Kendel seine Gedanken mit Daryens verknüpft, sodass sie sich unbemerkt unterhalten konnten. Es war eine anstrengende Konzentrationsarbeit, die er nicht mit jedem Geist machen konnte. Bei Daryen aber war es leichter als bei anderen, auch wenn Kendel nicht wusste, warum. Der Telepath blickte sich um und sah ein Dachfenster, das nicht geschlossen war.

Da vorne können wir rein!

Die Straße vor dem Haus war nur schwach beleuchtet. Ihnen blieb nur ein kleines Zeitfenster, in dem die Wachen sie nicht sehen konnten. Sie passten den geeigneten Moment ab und sprangen vom Dach. Lautlos huschten sie auf die andere Seite, wobei sie im Dunkeln blieben. Flink kletterten sie auf die Mauer und von dort weiter aufs Dach. Gerade hatten sie sich dort hochgezogen, als die patrouillierenden Wachen an der Mauer vorbeikamen.

»Hey, Don, hast du das auch gehört?«

»Hm, was denn?«

»Ich meine, ich hätte was oben auf dem Dach gehört.«

»Du spinnst. Das war bestimmt nur ein Vogel! Wer sollte denn hier auf dem Dach herumspringen?«

Angestrengt lauerte die Wache in die Dunkelheit, konnte aber nichts erkennen.

»Du hast recht. Da ist nichts«, knurrte er und wandte sich ab.

»Sagte ich doch!«

Die Rebellen warteten noch einen Moment und huschten dann zu dem geöffneten Dachfenster. Lautlos kletterten sie in das Haus. Sie befanden sich jetzt in einem kargen Flur, der wohl zu den Dienstbotenzimmern gehörte. Graue, schmucklose Wände und ein ausgetretener Boden gaben ein recht trostloses Bild ab. Es gab hier sechs Türen, die zu den Zimmern der Diener führten. Unter einer Türe konnten sie einen schwachen Lichtschein sehen. Offensichtlich war hier noch jemand wach. Sie warteten einen kurzen Augenblick, um sich zu vergewissern, dass niemand ihr Eindringen bemerkt hatte, und schlichen dann zur Treppe, die nach unten führte. Plötzlich sah Daryen einen Schatten auf der Treppe, und ein kleiner Lichtpunkt kam ihnen entgegen.

Da kommt jemand!

Sie versteckten sich hinter einem Vorhang, bereit, den Neuankömmling niederzuschlagen, um ihre Anwesenheit zu verbergen. Eine völlig übermüdete Dienstmagd schlurfte in ihr Zimmer. Sie hatte eine Kerze dabei, um den dunklen Flur etwas zu erhellen und nicht zu stolpern. Das war das Licht, das Daryen hatte sehen können, da er vorne ging. Als sie in ihrem Zimmer verschwunden war, warteten sie wieder kurz.

Weiter!, sagte Kendel dann.

Sie schlichen eine Etage nach unten und blieben am Fuße der Treppe stehen. Vor ihnen lag ein lang gestreckter Flur, der ganz anders aussah als das erbärmliche Bild

oben. Hier gab es edle Teppichböden, kostbare Seiden-
tapeten, vor den großen Fenstern hingen schwere Vorhänge, die jetzt für die Nacht zugezogen waren. Zwei
der Flügelfenster waren weit geöffnet, und die Vorhänge waren dort aufgezogen, um etwas frische Luft
hereinzulassen. Sie erblickten wertvolle Gemälde, und
Dutzende Öllampen erhellten den Gang. Die Männer
konnten einige Türen sehen, die wohl zu den Zimmern
führten.

Ganz schön nobel hier. Also, wo könnte er den Schlüssel ha-
ben? –

Wir fangen in diesem Raum an und gehen dann so lange von
Zimmer zu Zimmer, bis wir sie finden, meinte Daryen.

Kendel nickte.

Er öffnete leise die erste Zimmertür und lugte hinein.
Der Raum war anscheinend ein Gästezimmer. Die Möbel
waren mit Tüchern abgedeckt, und das Bett war durch
Vorhänge vor Staub geschützt. Flink und leise durchsuch-
ten sie den Raum, fanden aber nichts. Auch im zweiten
Zimmer fanden sie nicht das, was sie suchten. Der nächste
Raum war unverkennbar das Arbeitszimmer. Ein riesiger
Schreibtisch dominierte ihn, und in einem Regal lagen
Schriftrollen und Bücher.

Gerade als sie mit ihrer Suche anfangen wollten, hörten
sie Stimmen, die sich dem Zimmer näherten.

Verdammt!, fluchte Kendel, als er sah, dass die Türklinke
hinuntergedrückt wurde: *Schnell verstecken!*

Die Tür wurde geöffnet, und zwei Männer traten ein.

»Ich sage Euch doch, dass wir die Situation mit den
Rebellen noch regeln werden. Die Statthalter haben ein
Schreiben an das Krähennest geschickt und dem An-
führer ein unschlagbares Angebot gemacht«, sagte ein

stark übergewichtiger Mann in teurer Kleidung. An seinen Fingern prunkten kostbare Ringe. Auf seiner Stirn konnte man Schweißperlen erkennen, die langsam an seinen Schläfen herunterrannen. Er hatte einen struppigen schwarzen Bart und ebensolche Haare. Sein Wesen hatte etwas Verschlagenes, und Kendel musste an eine Ratte denken, die in die Ecke gedrängt wurde.

Gorik.

Kendel und Daryen erkannten den Kaufmann, der ihnen schon seit geraumer Zeit Ärger bereitete.

Den Mann, der mit Gorik den Raum betreten hatte, kannten sie nicht. Er war groß und kräftig, mit einigen tiefen Narben in seinem Gesicht. Dass der Kerl ebenfalls dem Fürsten diente, sah man an seiner Kleidung. Er trug die Uniform der »Schwarzen Drachen«, der Elitestreitmacht des Fürsten.

»Das behauptet Ihr jetzt schon seit Monaten, und es hat sich nichts getan. Allein letzte Woche sind zwei Versorgungszüge überfallen worden«, konterte der Soldat.

»Es muss Verräter in den Reihen der Soldaten geben. Wie sonst können die Rebellen uns immer einen Schritt voraus sein.«

Kendel musste grinsen. Verräter gab es zwar nicht, dafür waren betrunkene Soldaten ein wahrer Quell an Informationen, wenn man nur die richtigen Fragen stellte. Er und Daryen hatten sich wieder hinter den enorm praktischen Vorhängen versteckt und konnten alles mithören.

»Der Fürst wird langsam ungeduldig. Er will dieser beiden Rebellen unbedingt habhaft werden. Wenn wir nicht bald Ergebnisse abliefern in Form zweier Gefangener, könnte es uns schlecht ergehen. Wir müssen dieser Schlange den Kopf abschlagen, dann wird dieser jämmerliche Haufen Verräter Geschichte sein. Ohne Anführer sind sie hilflos.«

»Es ist nahezu unmöglich, etwas über den Aufenthaltsort dieses Abschaums herauszufinden. Die Bewohner dieser stinkenden Stadt schweigen beharrlich, und unsere Spione kehren alle nicht zurück. Es ist wie verhext«, sagte Gorik wütend. »Aber ich habe schon einen Plan, wie ich diese Kerle aus ihrer Deckung locke.«

»Tatsächlich?«, spottete der Soldat.

Gorik wurde zunehmend nervöser, doch er nickte.

»Früher oder später werden sie in meine Falle laufen oder ein Futter der Krähen werden.«

»Ich hoffe, Ihr habt ihnen die Befehle Larasans mitgeteilt.«

»Natürlich!«

Kendel wurde hellhörig.

Er versuchte, in die Gedanken des Mannes einzudringen, doch er prallte an einer Art Mauer ab.

Was?, dachte er, doch dann sah er das Amulett um den Hals des Kaufmanns.

Gorik trug eine einfache Goldkette, an der ein dunkelgrüner Stein hing. Der Anhänger hatte die Farbe von dunklem Moos und schimmerte leicht, wenn Licht darauf fiel.

Das gibt es doch nicht, staunte Kendel.

Was ist los?

Der Kerl trägt doch tatsächlich ein Mertylamulett. –

Und das heißt was? –

Ich kann seine Gedanken nicht lesen. Woher hat er das? Die Dinger sind nicht nur extrem selten, sondern auch nahezu unbezahlbar. –

Vielleicht vom Fürsten. Immerhin befindet sich sein Spion

genau vor unserer Nase. So kann der Fürst immerhin seine Pläne vor dir verbergen. –

Ganz schön viel Aufwand, findest du nicht? –

Die Männer machten keine Anstalten, das Zimmer zu verlassen, und Kendel wurde ungeduldig.

Das Gespräch ist ja ganz amüsant, aber wir haben keine Zeit. Kannst du sie nicht schlafen schicken?, fragte er Daryen.

Der griff nach seiner Magie, wob den Zauber und gab ihn frei.

Gute Nacht, ihr Schreihälse.

Die Männer sackten in sich zusammen und fielen bewusstlos zu Boden. Kendel und Daryen kamen aus ihrem Versteck, und Kendel meinte: »Wir setzen sie in die Sessel. Sollte jemand reinkommen, sieht es nicht ganz so verdächtig aus.«

Als das erledigt war, durchsuchten sie das Arbeitszimmer, und Daryen wurde schließlich fündig. Hinter einer Holzverkleidung entdeckte er einen Tresor.

»Ich habe was gefunden!«

Kendel kam zu ihm und betrachtete den Geldschrank.

»Bekommst du den auf?«

Der Telepath lächelte und meinte: »Eine meiner leichtesten Übungen!«

Er konzentrierte sich auf das Schloss und ließ den Schließmechanismus zurückschnellen. Der Tresor öffnete sich. Er zog die schwere Eisentür auf und schaute in das dahinterliegende Fach. Dort fand Kendel einen länglichen Stein mit geschnitzten Ornamenten, einige Dokumente, mehrere Beutel mit Münzen, Schmuckstücke und Edelsteine ohne Fassung. Außerdem lag noch ein Schriftstück dabei.

»Glaubst du, das könnte der Schlüssel sein?«

Er zeigte seinem Freund den gefundenen Stein. Daryen nahm ihn und konzentrierte sich darauf. Er konnte eine leichte Form von Magie feststellen. Nicht übermäßig stark, aber der Stein war ja auch nicht als Waffe gedacht.

»Ich glaube schon. Das Ding ist auf jeden Fall mit einer magischen Ladung versehen.«

»Sehr gut, dann nichts wie weg hier.«

»Was hast du denn da noch für ein Schreiben gefunden? Sieht wichtig aus.«

»Die unterschriebene Antwort des Krähennestes zum Kopfgeldauftrag.«

»Also stehen wir tatsächlich auf der Liste!«, stellte Daryen trocken fest.

»Was nicht wirklich überraschend ist. Aber wie wollen sie uns ohne Beschreibung finden?«, wunderte sich Kendel.

»Ich wette, die haben längst eine genaue Personenbeschreibung vom Fürsten bekommen.«

Kendel legte den Vertrag in den Safe zurück und verschloss ihn wieder, nachdem er noch einen Beutel mit Münzen herausgenommen hatte. Dieses Geld wurde an anderer Stelle mehr gebraucht als hier.

»Vielen Dank für die großzügige Spende, Meister Gorik«, sagte Kendel und deutete eine vollendete Verbeugung an.

Daryen grinste.

»Das wird dem alten Filligan gefallen. So kann er den Arzt bezahlen.«

»Wir hatten die gleiche Idee«, grinste nun auch Kendel, als er die Sachen in seiner Tasche verschwinden ließ.

Er lauschte kurz, ob sich im Flur etwas tat, und nickte Daryen zu. Leise gingen sie zum Fenster, und Daryen öffnete es. Er schaute nach unten, ob dort nicht ein ungebetener Zeuge stand. Doch der Garten war menschenleer. Sie sprangen aus dem Fenster und liefen zur Mauer. Als die Wache an ihnen vorbei war, kletterten sie über die Mauer und kamen in eine kleine Gasse, die hinter dem Anwesen verlief. Ohne Eile gingen sie Richtung Osttor.

»Was, glaubst du, hat Gorik für eine Falle gemeint?«, fragte Daryen, während sie die Gasse entlanggingen.

»Ich weiß es nicht, aber es bereitet mir nicht allzu viel Kopfzerbrechen. Bis jetzt waren die Fallen, die die Handlanger des Fürsten uns gestellt haben, leicht zu durchschauen. Wird in dem Fall nicht anders sein.«

»Ich hoffe, du hast recht. Immerhin hat der Fürst ihm ein sehr kostbares Amulett gegeben, um Goriks Gedanken vor dir zu verbergen«, gab Daryen zu bedenken.

»Wir werden vorsichtig sein. Außerdem wissen wir ja nicht genau, ob der Fürst der edle Spender des Amuletts ist. Vielleicht hat Gorik einfach Angst, dass man seine Gedanken liest.«

Da die Stadttore bereits für die Nacht versperrt waren, zog es die beiden Rebellen ins Ostviertel. Schon aus einiger Entfernung konnten sie die farbigen Fahnen und Wimpel erkennen, die den Anfang des Stadtteils markierten. Musik schallte ihnen entgegen. Hier war das Vergnügungsviertel, und allerlei Volk trieb sich zu der Zeit dort herum. Daryen und Kendel tauchten ein in das Getümmel der Straßen und ließen sich vom Menschenstrom mittreiben.

In diesem Viertel florierte das Verbrechen, und die Wahrscheinlichkeit, hier auf eine Patrouille der Stadtwache zu stoßen, tendierte gegen null. Es gab Freudenhäuser und zwielichtige Spelunken und, was für Kendel und Daryen wichtig war, ein zu dieser Uhrzeit praktisch unbewachtes Tor. Die Stadtmauer war mit einem System von Zaubern versehen, der jeden, der versuchte, über die Mauer zu klettern, sofort lähmte und die Stadtwache alarmierte. So mussten die beiden Rebellen einen anderen Weg aus der Stadt nehmen. Zwar waren auch die Tore geschützt, aber diesen Zauber konnte Daryen leicht umgehen. Über die Mauer zu entkommen war zu aufwendig und zu kompliziert, und allzu leicht könnten sie dort von einer Patrouille entdeckt werden. Nicht so hier im Vergnügungsviertel. Die Stadtwache hatte es schon lange aufgegeben, hier noch streng zu kontrollieren. Früher oder später ließen sich die Soldaten bestechen oder wurden erstochen. So verließen die Wachen den Posten, wenn die Sonne unterging. Das erhöhte ihre Lebenserwartung drastisch. Daryen und Kendel hatten ihre Masken abgenommen und die Kapuzen ihrer Umhänge tief ins Gesicht gezogen. In diesem Viertel achtete niemand so genau darauf, wer sich hier rumtrieb. Man wollte in den meisten Fällen anonym bleiben. Es war viel los auf der Straße, und sie kamen nur langsam voran. Die farbigen Fahnen der Freudenhäuser flatterten im leichten Abendwind, und vor den Türen versuchten Ausrufer die Kunden ins Innere zu locken. Marktstände mit exotischen Köstlichkeiten, die ihre verlockenden Düfte verbreiteten, und Stände mit billigem Tand reihten sich aneinander. Es waren Menschen aus allen Gesellschaftsschichten hier unterwegs, und so manches »Geschäftsessen« fand wohl in einem der Bordelle statt. Spielhäuser lockten mit hohen Gewinnchancen, und Gaukler boten ihre Künste dar. Die Straßenhuren versuchten, durch aufreizendes Auftreten Kunden anzulocken.

Kendel blieb an einem Stand stehen und betrachtete die Waren. Der Händler hatte neue Lieferungen aus dem Norden des Landes bekommen, und Kendel hatte eine Süßigkeit entdeckt, die er als Kind geliebt hatte.

»Warte bitte kurz«, bat er seinen Freund.

»Was darf es denn sein, mein junger Herr?«, fragte der Verkäufer.

»Ich hätte gerne fünf davon«, sagte Kendel und deutete auf einen Stapel kleiner Kuchen mit süßem Zuckerguss.

Der Verkäufer packte sie in eine Papiertüte und reichte sie ihm.

»Macht einen Kupferling.«

Kendel fischte aus seiner Gürteltasche eine Münze und gab sie dem Mann. Daryen schüttelte amüsiert den Kopf, als Kendel die kleinen Kuchen kaufte und ihm einen abgab. Der Rest war für seine Freunde im Lager.

»Hier, probier mal. Die schmecken köstlich«, sagte er und biss in ein Küchlein.

Daryen folgte seinem Beispiel und meinte: »Hm, du hast recht, die sind lecker.«

Die Kuchen waren aus einem lockeren Teig und mit Nüssen gefüllt. Sie genossen den kleinen Snack und achteten unauffällig auf ihre Umgebung. Nicht weit von ihnen lungerte eine Gruppe von Männern herum, die sich suchend umsahen.

»Na, sieh mal einer an!«, sagte einer der Kerle.

»Was ist denn, Kor?«, wollte sein Kumpel wissen.

»Ich glaube, wir haben die Lieferung zusammen. Seht mal da drüben, die beiden Burschen mit den Umhängen.«

»Man erkennt die Gesichter ja gar nicht richtig.«

»Ich konnte gerade einen kurzen Blick erhaschen. Schlank und, soweit ich sehen konnte, auch nicht gerade hässlich wie die Nacht. Wir sammeln sie ein, dann können wir zurück.«

»Na endlich!«

Daryen hatte die Männer bemerkt und behielt sie im Auge. Dann drehte er sich so, dass er mit dem Rücken zu ihnen stand, und flüsterte: »Da hinten sind ein paar Gestalten, die mir nicht ganz sauber vorkommen.«

Kendel warf einen unauffälligen Blick in die Richtung und musste seinem Freund recht geben. Als sie zu Ende gegessen hatten, machten sie sich wieder auf den Rückweg. Die Männer setzten sich ebenfalls in Bewegung und folgten den beiden. Es waren keine Wachsoldaten, so viel stand fest.

Daryen, ich glaube, sie folgen uns. –

Ich habe sie auch bemerkt. Es scheinen aber keine Soldaten zu sein. Meinst du, es sind Krähen? –

Keine Ahnung. Mies genug sehen sie auf jeden Fall aus.

Krähen nannte man die Männer und Frauen, die sich auf das Auffinden von Personen spezialisiert hatten, auf deren Kopf eine Belohnung ausgesetzt war. Sie genossen meist kein hohes Ansehen, da sie in der Regel im Auftrag des Fürsten und seiner Handlanger unterwegs waren. Für Kendels und Daryens Ergreifung wurde inzwischen eine hübsche Summe in Aussicht gestellt. Bis Krähen auftauchen würden, war also nur eine Frage der Zeit gewesen. Dass das Krähennest Gorkis Kopfgeldauftrag angenommen hatte, stand in dem Schriftstück, das sie in seinem Tresor gefunden hatten. Und Kendel und Daryen waren das Ziel, so viel stand nach dem belauschten Gespräch fest.

Die jungen Männer schlängelten sich durch die Menge, doch ihre Verfolger blieben ihnen auf den Fersen.

»Wie wäre es mit etwas Spaß, Schätzchen?«, rief eine der Huren Kendel zu.

Sie hatte rotes Haar, das sie zu einem langen Zopf geflochten hatte, und ein blaues Tuch war um ihren Kopf gewickelt. Ihr Gesicht war grell geschminkt, und man hätte es wohl als hübsch bezeichnet, wenn man sie ohne das ganze Make-up gesehen hätte. Die Kleidung war sehr knapp und bunt. Ein enges grellrotes Mieder schnürte ihre Taille schmal zusammen und hob ihren Busen nach oben, sodass der Kunde ihre Reize auch sofort erkennen konnte. Der viel zu kurze Rock war blau und mit einem silbernen Gürtel geschmückt. Kendel lachte, schob seine Kapuze ein wenig zurück und meinte: »Lass gut sein, Serika. Kein Bedarf. Aber noch gute Geschäfte.«

»Oh, ich habe dich gar nicht erkannt. Hallo, ihr zwei!«

Sie lächelte die jungen Männer an und umarmte Kendel und Daryen kurz.

Die junge Frau gehörte zur Unterweltgilde, einer Art Gesellschaft außerhalb der Gesellschaft. Sämtliche Diebe, Huren, Betrüger, Einbrecher und sonstiges Gesindel unterstanden den Gesetzen der Gilde. Sie wurden vom Gildenmeister geführt, der eisern dafür sorgte, dass die Gesetze auch eingehalten wurden. Verstöße wurden hart bestraft. Einige der Mitglieder kannten Kendel und Daryen und wussten, dass sie zu den Rebellen gehörten, wenn auch nicht, dass sie deren Anführer waren. Die junge Hure gehörte zu diesen Menschen.

Leise sagte sie ihnen: »Seid vorsichtig, ihr beiden. Hier treiben sich einige unangenehme Typen rum, und wenn ich mich nicht sehr täusche, haben sie euch schon ins Visier genommen.«

»Ich weiß, meine Schöne«, sagte Kendel. »Sie folgen uns schon einige Zeit. Gehören sie zu euch?«

Sie schüttelte den Kopf: »Nein! Aber die Kerle können hier agieren, wie sie wollen. Die Stadtwache unternimmt nichts, also lassen wir auch die Finger von ihnen.«

Kendel nickte. »Wir haben von einigen Entführungen gehört. Aber niemand konnte was Konkretes sagen. Ich denke mal, dass die Unterweltgilde nichts damit zu tun hat?«

»Nein, du weißt, dass unser Gildemeister nichts von dieser Art Verbrechen hält. Das macht die Menschen nur nervös und übervorsichtig, was schlecht fürs Geschäft ist!«

»So was haben wir uns schon gedacht«, meinte Daryen. »Soltar hat versucht, was herauszufinden, aber bis jetzt ohne Erfolg. Bitte gebt uns Bescheid, wenn ihr etwas hört!«

»Ich sag es den anderen. Passt auf euch auf!«

Kendel gab Serika einen Kuss auf die Wange und sagte: »Machen wir. Grüß deine kleine Schwester und Linar von uns, und sei vorsichtig.« Er drückte ihr eine Münze in die Hand.

»Kauft euch was Schönes!«, sagte er und zwinkerte ihr zu.

»Mach ich«, lachte sie.

Sie winkten ihr noch kurz zu und gingen weiter.

»Was machen wir mit unseren anhänglichen Freunden?«, wollte Kendel wissen.

Er hatte sich wieder nach ihren Verfolgern umgesehen und sie in einiger Entfernung bemerkt. Daryen deutete in eine kleine Seitengasse, die parallel zur Hauptstraße verlief.

»Lass uns da lang. Dort ist weniger los, und wir kommen schneller voran. Vielleicht können wir sie so abhängen. Bei dem Trubel auf die Dächer klettern, das würde selbst in diesem Viertel zu sehr auffallen.«

»In Ordnung!«

Sie huschten in die Gasse.

»Sieht so aus, als wollten unsere Vögelchen abhauen. Ihr geht da lang und schneidet ihnen den Weg ab. Der Rest kommt mit mir!«, befahl Kor seinen Männern.

Der Anführer der Banditen wandte sich an einen kleinen Mann mit sehr blasser Haut und einigen Narben im Gesicht, die aussahen, als wären sie mit Absicht hineingeritzt worden. In einem seltsam klingenden Singsang sagte er zu ihm: »Dek, geh da lang. Du weißt, was zu tun ist!«

Dek nickte und verschwand. Die restlichen Männer teilten sich auf und kreisten die Rebellen ein. Daryen und Kendel schauten sich in der Gasse um. Der kleine Seitenweg war nur schwach beleuchtet und von der Hauptstraße nicht einzusehen. Es gab zwar einige Fenster und Türen, die von den Häusern hierher führten, doch die Bewohner hatten es sich wohl abgewöhnt, die Gasse zu benutzen. Unrat und Gerümpel lagen überall herum.

Die Rebellen wollten sich gerade daran machen, auf die Dächer zu klettern, als ihnen vier der Männer entgegenkamen. Sie waren ungepflegt und grobschlächtig, und ihre Kleidung war verschlissen und schmutzig.

»Ich denke, die haben was dagegen, dass wir schnell nach Hause kommen. So wie es aussieht, haben sie sich getrennt. Schätze, die anderen warten am anderen Ende der Gasse auf uns«, sagte Kendel, nachdem er sich die Gruppe genauer angesehen hatte.

»Ob das die Typen sind, die hinter den Entführungen stecken?«, fragte Daryen leise.

»Finden wir es heraus«, flüsterte der Telepath.

Die Kerle versperrten ihnen den Weg, und einer meinte: »Was haben wir denn hier?«

Die zwei blickten den Männern entgegen und sagten nichts. Sie wollten unnötiges Aufsehen vermeiden. Daryen hob den Kopf und schob seine Kapuze zurück, sein Freund tat es ihm gleich. Sollte es zu einem Kampf kommen, wollte er genug sehen können.

»Schaut mal, was der Wind uns für zwei Hübsche angeweht hat. Habt ihr euch verlaufen?«, lachte der offensichtliche Anführer der Kerle.

»Geht zur Seite. Wir haben es eilig!«, sagte Kendel mit einem drohenden Unterton.

»Ich denke nicht. Wir wollen erst noch etwas Spaß mit euch haben. Aber wenn ihr es so eilig habt, könnt ihr ja artig mitspielen. Dann geht es schneller, nicht wahr, Jungs!«, sagte der Mann mit einem dreckigen Grinsen.

Die anderen lachten und waren sich ihrer Beute schon sicher. Kendel wurde von den Gedanken der Banditen förmlich erschlagen. Daryen bemerkte, dass er sich anspannte.

Was ist los? –

Glaub mir, das willst du nicht wissen. Diese Typen sind widerlich! –

Kendel drang in die Gedanken des Anführers ein und suchte nach Informationen, die ihnen helfen konnten, wobei er das ausblendete, was den Mann im Augenblick beschäftigte.

»Was wollt ihr von uns?«, fragte Daryen mürrisch.

Er ahnte, dass Kendel die Gedanken des Mannes untersuchte, und wollte ihm ein wenig Zeit verschaffen.

»Wir haben euch gesehen, als ihr ins Ostviertel kamt. Ich sagte zu mir: Kor, die beiden sehen aus, als könnten sie uns aus einer misslichen Lage helfen. Seht ihr, wir sind Geschäftsleute, und ihr seid genau das, was wir suchen.«

Er lachte.

»Wir brauchen nichts, danke. Würdet ihr uns jetzt bitte den Weg freimachen?«, fragte Daryen ungeduldig, aber bemüht höflich.

»Ich glaube, ihr habt mich falsch verstanden. Ihr seid das, was wir brauchen.«

Dann gab er einen Pfeifton von sich und grinste.

Plötzlich tauchten hinter Kendel und Daryen drei weitere Männer auf.

»Ihr habt doch nichts gegen ein paar Freunde mehr?«, lachte der Kerl wieder.

Der Magier und sein Freund schauten über ihre Schulter nach hinten. Auch die Neuankömmlinge waren Schlägertypen, mit massigen Oberkörpern und muskulösen Armen. Die Männer sollten ihnen wohl den Rückweg versperren. Es war offensichtlich, dass sie so eine Aktion nicht zum ersten Mal machten.

Na bitte, da sind die anderen ja. Wir warten erst noch ab. Vielleicht können wir ja ohne Kampf hier weg! –

Glaube ich zwar nicht, aber ich bin bereit, wenn es sein muss, hörte er Daryens Gedanken.

Er verschränkte die Arme und sagte kühl: »Verschwindet, bevor ich sauer werde. Ich habe keine Zeit für eure Spielchen!«

»Hört, hört! Große Worte für eine zukünftige Hure«, lachte der Kerl dreckig.

Daryen verdrehte die Augen. Menschenjäger, na großartig. Er hasste diesen Verbrechertyp. Menschen, die andere entführten und an betuchte Kunden oder Freudenhäuser verkauften, waren das Allerletzte.

Wie kommt es eigentlich, dass wir immer an die miesesten Verbrecher geraten? –

Immerhin sind es keine Krähen!, dachte Kendel, und Daryen war es, als nähme er einen leicht ironischen Unterton wahr.

»Ich sage es nicht noch einmal. Verschwindet!«, drohte Kendel und war sich gleichwohl sicher, dass er auf taube Ohren stoßen würde.

Die Kerle dachten in der Tat, sie hätten leichtes Spiel mit ihnen, da sie in der Überzahl waren. Ein Fehler, den sie schon bald bereuen sollten, denn dass zu den hübschen Gesichtern auch wehrhafte Körper gehörten, bekamen die Banditen in ihrer Gier nicht mit.

»Für euch kann ich einen stolzen Preis verlangen!«, grinste der Anführer dreckig. »Ich kenne einen Herzog, der auf so hübsche Kerle steht. Er ist ständig auf der Suche nach Frischfleisch. Seine Spielzeuge halten nie lange durch. Er wird wohl nichts dagegen haben, wenn wir die Ware erst noch testen.«

»Wirklich?«, spottete Kendel. »Dann muss der Herzog in Zukunft wohl ohne neues Spielzeug auskommen. Ihr werdet bestimmt nicht liefern!«

In dem Moment fiel ein Lichtstrahl aus einem der oberen Fenster auf Kendel, und der Anführer der Menschenjäger konnte sein Gesicht genauer sehen. Ein hässliches Grinsen legte sich auf seine Lippen.

»Na, sieh mal einer an. Jungs, wir haben einen noch größeren Fang gemacht, als wir glaubten. Das sind die beiden gesuchten Rebellen. Wenn wir sie bei Larasan abliefern, haben wir ausgesorgt.«

»Großartig!«, ätzte Daryen.

»Ihr glaubt doch nicht etwa, dass wir uns einfach so mitnehmen lassen?«, zischte Kendel.

»Das werden wir sehen. Los, packt sie, aber vermeidet schwere Verletzungen! Ihr kennt Larasans Befehl!«

Die Männer wollten sie ergreifen, doch Kendel ließ aus seinem Armschutz das Seil hervorschnellen, und es schlang sich um den Hals eines Schlägers. Er zog ruckartig daran und brach dem Kerl das Genick. Tot sackte der zu Boden. Das Seil verschwand, und Kendel zog einen Dolch aus dem Ledergurt, den er am Oberkörper trug. Daryen hatte zwei seiner Wurfdolche gezogen und sie auf seine Gegner geschleudert. Sie blieben genau im Herzen der Kerle stecken, die augenblicklich starben. Noch vier Männer standen ihnen gegenüber.

Kendel wollte einen weiteren Schläger angreifen, doch bevor er handeln konnte, spürte er einen stechenden Schmerz an seinem Hals. Der Anführer der Männer warf ihm ein hinterhältiges Grinsen zu. Verwundert griff er an die Stelle und zog einen kleinen Pfeil aus der Wunde. Ihm wurde plötzlich schwindelig, und es rauschte in seinen Ohren.

»Was ...?« Weiter kam er nicht.

Bevor er noch wusste, wie ihm geschah, stürzte er bewusstlos zu Boden und blieb regungslos liegen. Daryen bekam es aus dem Augenwinkel mit. Panisch wollte er sich zu seinem Freund beugen, als auch er von einem Pfeil am Hals getroffen wurde. Nur wenige Augenblicke später hatte auch er das Bewusstsein verloren.

»Gute Arbeit, Dek!«, sagte der Anführer wieder in der merkwürdigen Sprache.

Aus dem Schatten trat der kleine, drahtige Kerl, der noch ein Blasrohr in den Händen hielt.

»Los, packt sie ein. Wir bringen sie ins Versteck. Das wird eine fette Belohnung geben, wenn ich Larasan melde, dass wir die gesuchten Rebellen haben.«

»Was machen wir mit den Toten?«, fragte einer der Jäger.

»Schafft die Leichen zum Friedhof und vergrabt sie. Eine Leiche mehr fällt da nicht weiter auf«, meinte Kor nur knapp.

»In Ordnung!«

Zwei der Kerle warfen sich die Bewusstlosen über die Schulter, und man brachte sie zu einem Karren, der am Ende der Gasse stand. Sie schleuderten Kendel und Daryen auf die Ladefläche und verdeckten sie mit einer Plane. Die restlichen Männer kümmerten sich um die Leichen.

»Zurück zum Versteck! Die beiden werden nicht ewig im Land der Träume bleiben«, schnauzte der Anführer seine Männer an, und der Wagen setzte sich in Bewegung.

Nach kurzer Fahrt kamen sie an einem heruntergekommenen Haus in einer verlassenen Gegend an. Die Fenster waren blind vor Dreck, und die Läden hingen zum Teil schief in den Angeln. Das Dach hatte mehrere Löcher, und der Vorgarten glich eher einer Wildnis. Früher war das mal ein hübscher Ort, aber die Zeiten waren schon lange vorbei. Auf dem grauen Stein wuchsen Flechten und Moose und bildeten grüne Flecken. Die Häuser links und rechts daneben sahen nicht viel besser aus.

Die Bewusstlosen wurden aus dem Wagen geholt und in ein Zimmer im oberen Stock des Hauses gebracht. Dort waren noch fünf weitere junge Männer untergebracht, die beim Öffnen der Tür erschrocken zurückwichen.

»Durchsucht sie nach weiteren Waffen und kettet sie dann an die Wand. Ich will nicht, dass die Hübschen abhauen.«

»Sollen wir dem Schwarzhaarigen den Armschutz abnehmen?«

»Wäre besser. Legt ihn zu den anderen Waffen.«

Einer der Männer schnallte Kendels Armschutz mit dem Edelstein ab.

Dann durchsuchte er die beiden Bewusstlosen und zauberte einige Wurfdolche ans Tageslicht. Er schleifte zuerst Kendel an die Wand, wo einige Eisenringe eingelassen waren. Ein Kumpan reichte ihm Handfesseln und eine Kette. Sorgfältig kettete er Kendel mit den Händen an die Wand und zog danach noch einmal kräftig an den Fesseln, um zu prüfen, ob sie auch hielten. Das Gleiche geschah mit Daryen.

»Die beiden werden wohl noch einige Stunden außer Gefecht sein. Bis dahin haben wir mit Larasan Kontakt aufgenommen.«

Die Männer verließen das Zimmer und schlossen die Tür hinter sich ab.

Kapitel 9

Einige Zeit später kam Kendel langsam wieder zu sich. Sein Kopf tat weh, und er spürte einen stechenden Schmerz in seinen Schultern und Armen. Stöhnend versuchte er, sie zu bewegen, doch er konnte nicht. Ein leises Klirren über seinem Kopf veranlasste ihn hochzusehen. Verärgert stellte er fest, dass man seine Hände mit einer Kette an die Wand gebunden hatte. Probeweise zerrte er daran, aber wie erwartet gaben die Fesseln nicht nach.

»Na großartig!«, seufzte er.

Kendel setzte sich auf, um seine Gelenke und Arme zu entlasten, und schaute sich um. Er befand sich in einem karg eingerichteten Raum mit Holzfußboden. An einer Seite konnte er ein Fenster erkennen. Er sah die Spitze eines Baumes, also musste er sich wohl in einem der oberen Stockwerke eines Hauses befinden. Die Wände waren schmutzig, und der Raum wurde nur durch eine kleine Lampe an der Decke beleuchtet. Es roch moderig, und Kendel verzog das Gesicht. Als er eine Bewegung neben sich bemerkte, schaute er nach rechts und sah Daryen, der ebenfalls an die Wand gekettet worden war.

Auch er wurde langsam wach und fluchte: »Wo zur Hölle bin ich, und was ist passiert? Götter, ist mir schlecht.« Daryen wollte seine Sitzposition verändern, doch sein neuer Armschmuck hinderte ihn daran.

»Ich habe keine Ahnung, wo wir sind, aber was passiert ist, kann ich dir sagen. Die Mistkerle habe uns mit Betäubungspfeilen erwischt.«

»Wieso hast du das nicht rechtzeitig bemerkt?«, warf ein sehr mitgenommener Daryen seinem Freund vor, während er seine Ketten mit einem bitterbösen Blick bedachte.

»Ich habe nicht damit gerechnet, dass sich noch einer in der Dunkelheit versteckt. Und mal ernsthaft: Betäubungspfeile? Wer rechnet denn damit?«

»Jaja, schon gut. Wir sollten jetzt erst mal versuchen, diese Fesseln loszuwerden.«

»Hast du eigentlich was Brauchbares aus den Gedanken dieses Kerls herausbekommen?«, fragte Daryen, noch immer benommen.

Kendel zuckte mit den Schultern. »Nicht viel. Es scheint, dass sie im Auftrag des Fürsten und einiger Adliger handeln. Man sagt ihnen, was gebraucht wird, und sie liefern. Anscheinend sind wir eher zufällig ausgesucht worden. Sie brauchten noch zwei Männer in unserem Alter, die gesund und stark sind. Und bevor du fragst, glaub mir, du willst wirklich nicht wissen, was der Auftraggeber für Vorlieben hat.«

Kendel schüttelte sich und verzog angewidert das Gesicht, als er an die Gedanken erinnert wurde, die er vor Kurzem gesehen hatte.

»Ich kann es mir denken. Also lass uns von hier verschwinden. Ich habe keine Lust, diesem Herzog doch noch zu begegnen.«

»Oder einer gewissen Fürstentochter. Immerhin haben die Kerle uns erkannt.«

»Ihr werdet hier nicht wegkommen«, hörten sie da die mutlose Stimme eines Jungen.

Sie drehten sich zu dem Sprecher hin und sahen in einer dunklen Ecke des Zimmers einige junge Männer sitzen. Diese waren nicht gefesselt, da die Banditen wohl nicht mit einer Flucht rechneten.

»Wer seid ihr, und was macht ihr hier?«, wollte Kendel wissen.

Er hatte die Anwesenheit weiterer Menschen in dem Raum bemerkt, aber erst einmal nicht weiter darauf geachtet.

»Diese Kerle haben uns entführt. Mein Name ist Quentin. Glaubt mir, ihr kommt hier nicht weg!«

»Das wollen wir ja mal sehen«, meinte Kendel entschlossen.

Plötzlich hörten sie Schritte, die sich dem Zimmer näherten. Sofort pressten sich Quentin und die anderen wieder in die dunkle Ecke, so als wollten sie mit den Schatten verschmelzen. Vor dem Raum konnte man gedämpfte Stimmen hören.

»Ist Carel schon zurück?«

»Nein, aber er müsste gleich kommen.«

»Gut, er ist der Einzige, der mit dieser blöden Schale umgehen kann, um Larasan zu rufen!«

Als Kendel und Daryen den Namen hörten, wurden beide blass.

»Verdammt. Wir müssen verschwinden. Wenn sie Larasan darüber informieren, dass wir hier sind, können wir einpacken«, fluchte Daryen und zerrte verzweifelt an seinen Handschellen.

Im nächsten Moment wurde die Tür aufgestoßen, und ein bulliger Hüne betrat das Zimmer.

»Sieh mal einer an. Ihr seid schon wach. Alle Achtung. Die meisten anderen brauchen Stunden, um wieder zu sich zu kommen.«

»Was war das für ein Zeug? Und wer seid ihr?«, wollte Kendel wissen.

Der Riese lachte: »Das war Takotis. Ein typisches

Pfeilgift des Kareccu-Stammes. Sehr wirkungsvoll und schnell. Und mein Name tut nichts zur Sache.«

»Und warum das Ganze? Für uns wird niemand Lösegeld zahlen.«

»Das nicht. Aber Larasan wird uns sehr gut entlohnen, wenn wir euch übergeben«, grinste der Mann die beiden an und entblößte dabei eine Reihe Goldzähne.

»Das ist ein riesiges Missverständnis. Wir kennen keine Larasan«, sagte Kendel.

»Netter Versuch, Kleiner, aber das zieht nicht. Ihr seid die Rebellen, auf die ein hübsches Kopfgeld ausgesetzt ist.«

»Nein, wir sind keine Rebellen. Ehrlich, wir sind zwei Bürger dieser Stadt. Unsere Väter sind einfache Handwerker. Sie können kein Geld bezahlen. Bitte, lasst uns gehen«, flehte Daryen mit weinerlicher Stimme.

»Soso, einfache Handwerker also?«

Daryen nickte energisch.

»Und in welchem Handwerk lernt man, so zu kämpfen? Ihr habt einige meiner besten Jäger umgebracht.«

»In diesen unsicheren Zeiten muss man doch lernen, sich zu verteidigen!«

»Gebt euch keine Mühe. Jeder, der für den Fürsten arbeitet, kennt eure Gesichter ganz genau. Also spart euren Atem.«

»War ja klar«, fluchte Daryen und gab seine weinerliche Haltung auf, es brachte ja augenscheinlich ohnehin nichts.

»Nur noch ein wenig Geduld. Macht es euch derweil gemütlich. Ihr werdet wohl noch ein wenig hierbleiben, bis das Geschäftliche geregelt ist. Für den Fall, dass ihr abhauen möchtet, kann ich euch sagen, dass ihr die Fesseln nicht loswerdet. Sie sind gegen Magie geschützt, also versuch es erst gar nicht, kleiner Magier. Eine kleine Aufmerksamkeit Larasans.«

Er lachte und ging hinaus, schloss aber nicht hinter sich ab.

»Marek, Thyth, passt auf, dass keiner den Raum verlässt. Verstanden! Wir wollen doch nicht, dass unsere Vögelchen ausfliegen«, hörten sie den bulligen Kerl vor der Türe zu seinen Leuten sagen.

»Wenn der Spinner glaubt, dass ich hier seelenruhig auf Larasan warte, ist er noch verrückter, als ich dachte. Geduld ist nicht meine starke Seite!«, zischte Kendel und machte sich daran, die Fesseln zu lösen.

»Hat der mich gerade kleiner Magier genannt?« Daryen kochte vor Wut.

Kendel grinste, als er Daryens Ausbruch hörte, wurde aber schnell wieder ernst.

»Was habt ihr denn vor? Die Fesseln bekommt ihr nicht auf. Sie sind magisch gesichert. Ihr habt ihn doch gehört!«, sagte Quentin aus seiner Ecke.

Kendel versuchte mithilfe seiner Gabe, das Schloss zu öffnen, doch es gelang ihm nicht. Anscheinend verhinderte Larasans Schutzmechanismus, dass er und Daryen ihre Kräfte zum Öffnen einsetzen konnten.

»Bekommst du sie auf?«, fragte der Magier.

Kendel schüttelte den Kopf, und Quentin meinte: »Ich hab es euch doch gesagt! Ihr kommt hier nicht weg!«

»Abwarten«, murmelte Kendel und zog mit den Zähnen einen dünnen Metalldraht aus seinem verbliebenen Armschutz.

Sie hätten mir beide abnehmen sollen, diese Narren, dachte er noch.

Sie hatten ihm zwar seine Waffen abgenommen, aber den Draht hatten sie nicht entdeckt. Kendel konzentrierte sich und ließ den dünnen Metalldraht schweben. Vorsichtig fädelte er ihn in das Schloss einer Handschelle und bewegte ihn dann sachte hin und her, bis er ein Klicken hörte. Der Schwarzhaarige grinste, als die Fessel aufsprang und er seine rechte Hand wieder frei hatte. Es hatte sich gelohnt, diesen kleinen Trick von Soltar zu lernen. Dann öffnete er auch das Schloss der anderen Hand und war frei.

»Mag ja sein, dass Larasan sie gegen Magie geschützt hat, aber gegen diesen einfachen Trick hat sie keinen Weg gefunden.«

»Was ist mit mir?«, fragte Daryen und hielt Kendel seine Hände hin.

Schnell und ohne Probleme knackte er die Schlösser an Daryens Handschellen.

»Wie habt ihr das gemacht?«, staunte Quentin und kam jetzt etwas näher.

Kendel lachte leise und sagte: »Alles eine Frage der Übung. Aber jetzt mal was anderes. Sind noch mehr Menschen hier, die von dieser Bande entführt wurden?«

Quentin nickte. »Nebenan sind noch ein paar Mädchen.«

Kendel konzentrierte sich und versuchte herauszuhören, mit wie vielen Gegnern sie es zu tun hatten. Er vermochte ungefähr zwölf Banditen herauszufiltern. Eine Menge, aber machbar.

»Und?«

»Ich konnte zirka zwölf ausmachen. Dann sind da noch sieben Geiseln nebenan.«

»Was machen wir?«

»Wir nehmen uns Raum für Raum vor und schalten diese Mistkäfer aus. Und zwar schnell, bevor sie Larasan Meldung machen können.«

»Also los!«

»Quentin, ich möchte, dass ihr kurz hier wartet. Wenn wir euch ein Zeichen geben, geht ihr nach nebenan und wartet dort. Schließt die Tür von innen ab und kommt unter keinen Umständen raus, bis wir euch rufen, verstanden!«, schärfte Kendel dem Jungen ein.

»In Ordnung, aber was habt ihr vor?«

»Dafür sorgen, dass ihr nach Hause kommt.«

Vorsichtig gingen Kendel und Daryen zur Tür.

Kendel öffnete sie leise einen Spaltbreit und lugte hinaus.

Vor ihrer Türe standen zwei Männer, die ihnen den Rücken zuwandten.

Er gab Daryen ein Zeichen, und sie gingen zu ihrem alten Platz zurück.

»Wir sollten versuchen, sie hier drinnen auszuschalten. Auf dem Flur könnte der Tumult die anderen anlocken«, flüsterte Daryen.

Kendel nickte. »Ich hab auch schon eine Idee, wie.«

»Dann lass mal hören.«

»Du spielst den Sterbenden, und ich mache ordentlich Theater. Wenn sie reinkommen, schalten wir sie aus«, sagte Kendel.

»Und warum muss ich der Sterbende sein?«

»Weil du immer noch ziemlich mitgenommen aussiehst«, grinste Kendel. »Außerdem bist du mit der Rolle des Köders dran.«

»Na schön«, murrte Daryen.

Sie legten die Fesseln provisorisch wieder an, darauf

achtend, dass sie nicht zuschnappten. Dann schloss Daryen die Augen und tat, als ob er das Bewusstsein verloren hätte.

»Hey, ihr Vollidioten, was habt ihr meinem Freund für ein Gift gegeben? Er stirbt hier gerade. Helft ihm, verdammt!«, schrie Kendel voller Panik.

Die Wachen stürzten in den Raum und sahen den anscheinend bewusstlosen Daryen zusammengesunken an der Wand lehnen. Einer von ihnen hatte einen struppigen Vollbart und trug die Kleidung eines einfachen Landarbeiters. Er war gut zwei Meter groß und ein Bär von Mann. Sein Kumpel war klein und drahtig und hatte blonde Haare, die ihm in unordentlichen Strähnen auf dem Kopf wucherten. In einem Kampf hatte er wohl an der linken Hand den Ringfinger und den kleinen Finger verloren.

»Was ist hier los? Halt's Maul, oder es setzt was!«, drohte der Bär.

»Den Teufel werd ich tun. Ihr habt meinen Freund vergiftet, und wenn ihr nicht wollt, dass er stirbt, solltet ihr ganz schnell was unternehmen!«, fauchte Kendel.

»Verdammt, wenn der Typ wirklich tot ist, wird Larasan uns bei lebendigem Leib häuten«, sagte der Blonde ängstlich.

»Los, sieh nach, was er hat! Ich behalte den anderen im Auge!«

Der Kleinere näherte sich Daryen, um nachzusehen, was mit ihm los war.

»Du bewegst dich keinen Zentimeter, verstanden!«, drohte der Bär und schaute Kendel lauernd an.

»Das hab ich auch gar nicht nötig!«, flüsterte der.

Als sich der Kleinere dem vermeintlichen Bewusstlosen

näherte, ließ Kendel mit seiner Gabe einen kleinen Tisch heranschweben.

»Jetzt!«, rief Kendel, und Daryen schlug den überraschten Banditen mit einem gezielten Schlag bewusstlos, während sein Freund den Tisch auf den Kopf des anderen Banditen niederkrachen ließ.

»Die meisten Unfälle passieren im Haus«, lachte Kendel und stand auf.

Daryen schüttelte den Kopf.

»Du hättest ihm auch einfach eine verpassen können.«

»Schon, aber so war es lustiger«, grinste Kendel.

Daryen verdrehte die Augen. Das war wieder so typisch Kendel. Als der ihm zuzwinkerte, musste Daryen aber auch lächeln. Leise lachend ging Kendel zu dem großen Banditen und zog ihn an die Wand.

»Mann, ist der Kerl schwer. Los, Daryen, jetzt hilf mir doch mal!«, keuchte Kendel, der den Mann an den Armen gepackt hatte.

»Jaja, schon gut!«

Daryen half seinem Freund, und gemeinsam gelang es ihnen, die bullige Gestalt an die Wand zu schaffen. Kendel legte dem Bewusstlosen die Handschellen an, während Daryen sich um den anderen kümmerte. Sie durchsuchten die beiden noch nach Waffen und nahmen sie ihnen ab.

»Bleiben noch zehn«, sagte Daryen, als sie fertig waren.

»Wir werden uns ihrer annehmen. Einer nach dem anderen!«, sagte Kendel.

Leise schlichen sie zur Tür und lugten vorsichtig in den Gang. Am anderen Ende des Flures erblickten sie zwei weitere Wachen, die mit dem Rücken zu ihnen standen und sich unterhielten. Die Rebellen konnten aber nicht sehen, ob in dem Gang noch weitere Männer standen.

»Und jetzt?«, fragte Daryen.

Kendel schaute sich schnell um und sah ein altes, halb zerrissenes Bild in einem morschen Rahmen an der gegenüberliegenden Wand hängen. Er konzentrierte sich darauf, und mit einem Poltern fiel das Bild zu Boden. Die Wachen wurden durch das Geräusch aufmerksam.

»Was war das?«, fragte die eine.

»Keine Ahnung. Los, lass uns nachsehen.«

Vorsichtig näherten sie sich der Tür, hinter der Daryen und Kendel lauerten. Als sie nah genug herangekommen waren, ließ Kendel ihre Köpfe mit seiner Gabe zusammenschlagen, und sie gingen bewusstlos zu Boden. Die beiden Rebellen lauschten kurz, ob jemand etwas mitbekommen hatte, doch alles blieb still, und niemand kam zu ihnen. Vorsichtig öffneten sie die Tür zum Zimmer, und Kendel flüsterte: »Wir sind hier, um euch zu helfen. Seid bitte leise.« Sie konnten leises Weinen und Schluchzen hören. Daryen und Kendel zogen die Bewusstlosen in ihr Zimmer zurück, und Kendel sagte: »Los, geht rüber und verschließt die Tür!«

Die Jungen huschten herüber.

»Und weiter geht's!«

Leise und von den Banditen unbemerkt, schalteten sie einen nach dem anderen aus.

Zum Schluss blieben nur noch Kor und Goldzähnchen über. In einem Zimmer im Erdgeschoss konnten sie Stimmen hinter der verschlossenen Türe hören.

»Diesen liebreizenden Klang kenne ich doch«, flüsterte Kendel.

Gesprächsfetzen drangen an ihre Ohren, und sie konnten mehrmals den Namen Larasan und auch ihre eigenen verstehen. Sie gingen vorsichtig näher und lauschten.

»Wenn wir erst mal diese Burschen abgeliefert haben, haben wir ausgesorgt. Carel ist vorhin zurückgekehrt. Er wird der Ausgeburt der Finsternis schon klarmachen, dass sie uns gut bezahlen muss, wenn sie die Rebellen haben will.«

»Aber Kace, du willst doch wohl nicht irgendwelche Forderungen an sie stellen. Wir sprechen hier von Larasan«, sagte Kor ängstlich.

»Jetzt mach dir mal nicht gleich in die Hose. Sie will diesen Kendel und diesen Daryen lebend und vor allem unbeschadet, also soll sie auch dafür bezahlen. Immerhin geht uns ein dicker Batzen Gold durch die Lappen, weil wir die beiden an sie ausliefern und nicht an Herzog Tymoor!«

»Hoffentlich geht das gut, Kace!«

»Was machen wir jetzt?«, fragte Daryen leise. »Offensichtlich ist dieser Carel schon hier und spricht mit Larasan. Nicht mehr lange, und sie wird einige Soldaten schicken, um uns abzuholen.«

Kendel überlegte kurz, dann schlich sich ein Grinsen in sein Gesicht.

»Bist du fit genug für einen kleinen Zauber?«

»Hängt davon ab! Was schwebt dir vor?«, wollte Daryen wissen und schaute seinen Freund lauernd an.

Er kannte Kendel und seine kleinen Ideen.

»Kannst du eine Illusion über mich legen, die mich wie Larasan aussehen lässt und mir die gleiche Stimme gibt?«

»Das dürfte kein Problem sein. Und dann?«

»Das wirst du schon sehen. Los, fang an!«

»Hetz mich nicht.«

Daryen konzentrierte sich, und im nächsten Augenblick stand ein getreues Abbild der Tochter des Fürsten vor ihm.

»Fertig.«

Die vermeintliche Larasan nickte und bedeutete dem Magier, von der Tür wegzutreten. Dann riss Kendel die Tür auf und stürmte in das Zimmer. Den Männern im Raum blieb fast das Herz stehen, als Larasan plötzlich vor ihnen stand und sie wütend anfunkelte.

»Wie könnt ihr es wagen, mich zu erpressen?«, schrie sie, und die Männer fielen auf die Knie.

»Verzeiht uns, Herrin. Wir wollten ...«, stotterte Goldzähnchen.

»Schweigt!«, fauchte sie.

Sofort hielt Kace den Mund.

»Zur Strafe werdet ihr euch jetzt sofort hier hinstellen.«

Die Banditen machten, dass sie auf die Füße kamen.

»Nein, nicht so. Gegenüber! Stellt euch gegenüber«, sagte sie ungehalten.

»So?«

»Näher zusammen.«

Kor und Kace standen sich gegenüber, und zwar so nahe, dass sich ihre Nasenspitzen fast berührten.

»Sehr schön«, lachte die vermeintliche Hexe, und langsam dämmerte es Kace, dass hier etwas nicht stimmte. Doch bevor er irgendetwas tun konnte, wurden sein und Kors Kopf auch schon von Larasan gepackt und zusammengeschlagen. Ohnmächtig sanken die Männer zu Boden. Kendel lachte, und Daryen, der mit verschränkten Armen im Türrahmen lehnte, ließ die Illusion verschwinden. Die Szene war einfach zu verstörend gewesen.

»Ernsthaft, Kendel?«

Doch der zwinkerte ihm nur zu.

Gegen seinen Willen musste nun auch Daryen lachen.

»Das waren die Letzten. Lass uns zu den Geiseln gehen

und dafür sorgen, dass sie nach Hause kommen«, sagte der Magier, und Kendel nickte.

Sie gingen wieder nach oben und kehrten in den Flur zurück, wo sich die anderen Geiseln versteckt hatten. Daryen klopfte an die Tür des Zimmers und sagte: »Es ist alles in Ordnung. Ihr könnt jetzt rauskommen.«

Eine kleine Gruppe von jungen Männern und Frauen kam vorsichtig aus dem Zimmer und trat auf den Flur. Am meisten zu schaffen machte Kendel und Daryen, dass unter den Befreiten zwei Kinder waren. Das Mädchen war höchstens acht, der Junge vielleicht zehn Jahre alt.

»Diese Mistkerle!«, presste Kendel zwischen zusammengebissenen Zähnen hervor.

Das Mädchen klammerte sich an Daryen und weinte, während ihr Bruder völlig verängstigt daneben stand.

»Schhh, alles wird gut, Kleines«, sagte Daryen sanft, um sie zu beruhigen.

»Ich will zu meiner Mama!«

»Bald bist du wieder zu Hause. Versprochen. Hier, sieh mal.«

Die Kleine schaute auf Daryen, und der erschuf eine Puppe.

Das Mädchen bekam große Augen und schluchzte: »Die ist aber hübsch.«

»Ja, nicht! Ich finde, ihr zwei passt gut zusammen. Würdest du sie bei dir aufnehmen?« Sie nahm die Puppe und nickte freudig.

»Was sagt man, Anes«, mahnte ihr Bruder und schaute sie fast ein bisschen neidisch an.

»Danke!«, kicherte die Kleine.

»Hm, was denkst du, junger Mann? Du könntest doch bestimmt ein neues Holzschwert gebrauchen, oder?«

Wie aus dem Nichts hing die Waffe an der Seite des Jungen.

»Wow, danke!«, stotterte der Kleine fasziniert.

Daryen lachte leise.

»So, und jetzt werden wir dafür sorgen, dass ihr zu euren Eltern kommt!«

Kendel hatte amüsiert beobachtet, wie Daryen dem Kleinen über den schlimmsten Schreck hinweggeholfen hatte. Er war sich sehr sicher, dass Daryen eine neue Verehrerin hatte. Die Kleine strahlte ihren Helden mit großen blauen Augen an. Kendel gab Daryen durch ein leichtes Kopfnicken zu verstehen, dass er sich noch etwas umsehen wollte.

Geh nur. Ich passe auf die Kleinen auf!

Daryen ging mit den Befreiten nach unten und versuchte sie, so gut es ging, zu beruhigen. Kendel machte sich daran, die Räume nach Hinweisen zu durchsuchen, wo die restlichen Opfer zu finden waren. In einem Schrank fand er nicht nur ein Buch mit aufschlussreichen Eintragungen, sondern auch ihre Waffen. Er nahm seine Sachen und legte sich das Schwert wieder um. Auch seine Dolche nahm er an sich und legte noch seinen Armschutz um. Das Buch steckte er in seine Gürteltasche. Daryens Waffen nahm er ebenfalls an sich. Gerade wollte er zu den anderen zurückgehen, als er etwas zu seinen Füßen bemerkte. Eine der Bodenplatten sah etwas anders aus als die anderen. Er ging in die Hocke, um sich das genauer anzusehen. Neugierig untersuchte er die Platte und erkannte, dass sich unter ihr ein Zugang verbarg. Vorsichtig versuchte er sie zu öffnen und fand schließlich einen verborgenen Mechanismus. Die Platte öffnete sich einen Spalt, und Kendel konnte sie anheben. Unter ihr führte eine Treppe hinab. Er legte Daryens Waffen zur Seite, da sie ihn im Moment behinderten. Kaum hatte er die erste Stufe betreten, glaubte er einen leichten Windhauch zu spüren. Plötzlich konnte er die Präsenz eines Mannes fühlen. Offensichtlich war das Erdgeschoss des Hauses durch einen Zauber geschützt. Deshalb hatte er auch den Mann hier unten nicht gefunden. Leise ging Kendel hinunter. Die Treppe war sehr tief und führte offensichtlich ohne Ausgang im Erdgeschoss direkt in den Keller hinab. An ihrem Ende stand Kendel in einem schmalen Gang, der von einem leichten Glühen erfüllt war. Kendel folgte dem Lichtschimmer und kam schließlich zu einer Stelle, wo sich der Gang zu einem Raum verbreiterte. Er lugte vorsichtig um die Ecke und sah einen Mann mit dem Rücken zu ihm an einem Tisch stehen. Er sprach zu jemand, und Kendel lauschte.

Das Glühen schien aus der Hälfte des Raumes zu kommen, die er nicht einsehen konnte. Anscheinend handelte es sich bei dem Mann um Carel, der nun mithilfe einer magischen Schale Larasan informiert hatte und gerade mit ihr per Projektion sprach.

»Wir haben die Rebellenanführer in der Stadt gefunden und hierhergebracht, Herrin.«

Ein Lachen war zu hören.

»Sehr gut gemacht. Ich werde ein paar meiner Soldaten zu euch schicken, damit sie die Gefangenen abholen können. Passt gut auf sie auf.«

»Sie haben Takotis bekommen. So schnell werden sie nicht wach. Was ist mit der versprochenen Belohnung?«

»Nur keine Sorge! Wenn ihr die Rebellen übergeben habt, bekommt ihr, was euch versprochen wurde.« Ihre Stimme bekam einen drohenden Unterton.

Kendel trat aus dem Schatten und sagte: »Ich glaube nicht, dass es zur Übergabe kommen wird. Du kannst deine Soldaten wieder zurückpfeifen.«

Der Rebellenanführer sah nun die Projektion der Hexe über einer Schale aus schwarzem Ton schweben. Sie war nicht lebensgroß, aber auch die halbe Larasan war Kendel schon mehr als genug.

»Kendel? Wie ... kann ...das ... sein? Ich dachte, du und Daryen seid außer Gefecht gesetzt?«, zischte Larasan und warf dem Banditen einen wütenden Blick zu.

»Das ist unmöglich!«, stotterte der Bandit und starrte den jungen Mann ungläubig an.

»Wir hatten sie mit euren Handschellen gefesselt, Mylady. Ich dachte, die bekommt man nicht auf?«

»So wie es aussieht, hat euer kleiner Pfeilspucker eine zu kleine Dosis genommen, was weiß ich. Und die Handschellen waren gegen einen einfachen Dietrich wohl nicht geschützt. Wie auch immer, bis irgendwann mal, Larasan«, sagte Kendel und ging zu dem Tisch mit der Schale. Der Bandit wich erschrocken zurück.

»Wage es nicht, Kendel. Warte es nur ab. Ihr könnt euch nicht ewig vor mir verstecken!«

»Bis jetzt sind wir recht erfolgreich darin!«, lachte Kendel, und während er mit der einen Hand die Schale vom Tisch schubste, winkte er mit der anderen frech Larasan zu.

Die Schale schlug auf den Boden auf und zersprang in tausend Stücke. Es gab einen grellen Lichtblitz, und Kendel bedeckte schützend seine Augen, während er sich abwandte und die Projektion verschwand. Kendel hatte genug von Daryen aufgeschnappt, um zu wissen, dass diese plötzliche Zerschlagung des Zaubers äußerst unangenehm für die Hexe sein würde. Der andere Mann gab einen erstickten Schrei von sich, als ihn der Rückstoß des zerstörten Zaubers traf. Da er aber nur über wenig Magie verfügte, war es nicht so heftig, sodass er sich schnell wieder gefangen hatte.

Eine Bewegung im Augenwinkel ließ Kendel zurückschnellen. Der Bandit hatte von irgendwo einen Knüppel hergezaubert und ließ ihn auf ihn zusausen. Er konnte im letzten Moment ausweichen.

»Whoa! Vorsicht, du könntest jemanden damit verletzen!«

»Sei ein braver Junge und ergib dich. Dann wird niemandem wehgetan.«

»Ich glaube eher nicht, sorry, Kumpel!«

Wieder versuchte sein Gegner, ihn mit dem Knüppel zu erwischen, doch Kendel wehrte den Schlag mit seinem Unterarm ab und ergriff dann den Schlagarm des Mannes. Er drehte ihm den Arm auf den Rücken und entwaffnete ihn dabei. Dann gab er seinem Gegner einen heftigen Stoß, und der stolperte nach vorne. Wütend drehte sich der Mann um und versuchte, Kendel jetzt mit bloßen Fäusten anzugreifen. Doch der vollführte eine Drehung, trat dem Banditen gegen die Schläfe und schickte ihn damit ins Land der Träume.

Er wollte sich zu dem Kerl herunterbeugen, als ihm plötzlich schwindelig wurde. Die Umgebung verschwamm vor seinen Augen, und es rauschte wieder in seinen Ohren.

»Was ist denn jetzt los?«

Er atmete ein paarmal tief ein und aus, und das Schwindelgefühl verschwand.

Vielleicht eine Nachwirkung des Betäubungsmittels, dachte er.

Ohne es weiter zu beachten, nahm Kendel ein Stück Seil, das hier herumlag, und fesselte den Bewusstlosen. Nachdem er ihn gut verschnürt hatte, ging er zurück zu den anderen.

»Daryen, ich habe, was wir brauchen.«

»Gut, dann lass uns hier verschwinden!«

»Wir begleiten euch noch bis zum westlichen Viertel. Dort gibt es Wachen, und ihr müsstet unbehelligt nach Hause kommen«, sagte Kendel zu den Geretteten.

»Wie können wir euch nur danken?«, sagte eine junge Frau, die ziemlich mitgenommen aussah.

Kendel lächelte sie an und machte eine Verbeugung, worauf eine leichte Röte auf ihre Wangen trat.

»Ihr braucht uns nicht zu danken. Es war uns eine Freude, eine so charmante Dame zu retten.«

»Was ist mit den anderen?«, wollte ein junger Mann wissen. »Da waren noch mehr in dem Haus, aber sie wurden gestern weggebracht.«

»Wir werden uns darum kümmern, versprochen. Sollten sie noch leben, werden wir sie nach Hause holen.«

Kendel hoffte inständig, dass sie die Menschen alle retten konnten, aber nach der Aussage von Kor glaubte er es nicht so recht. Er hatte etliche Namen in dem Buch gelesen, und einige Eintragungen lagen schon mehrere Wochen zurück. Sie konnten nur versuchen, so viele wie möglich zu retten.

»Danke!«

Kendel nickte dem Jungen kurz zu. Gemeinsam verließen sie das Haus. Nach etwa einer halben Stunde erreichten sie das Westviertel, und Kendel sagte: »Ab hier müsst ihr leider alleine weiter. Die Wachen dürfen uns nicht sehen, sonst haben wir ein Problem.«

»In Ordnung. Vielen Dank noch mal!«

»Könntet ihr bitte dafür sorgen, dass die Kleinen nach Hause kommen. Ich möchte nicht, dass sie alleine hier herumrennen.«

Einer der Männer nickte, und Daryen übergab ihm das Mädchen, das in seinen Armen eingeschlafen war.

Kendel hatte den Jungen auf seinem Rücken getragen, was dem anscheinend eine Menge Spaß gemacht hatte. Er war zum heimlichen Helden des Kleinen geworden, als er ihm unterwegs ein paar Tricks mit dem Schwert erklärt hatte.

»Macht euch keine Sorgen. Ich kenne die Eltern.«

Kendel übergab Quentin vorsichtig den kleinen Jungen, der mittlerweile ebenfalls eingeschlafen war.

Die beiden Rebellen nickten den Geretteten noch kurz zu und verschwanden in der Dunkelheit der Straßen.

»Schaffst du alle?«, flüsterte Daryen.

»Kein Problem. Sie sind noch so durcheinander und verstört, dass es ein Leichtes sein wird.«

Die beiden standen im Schatten und beobachteten die kleine Gruppe, die immer noch dort stand, wo sie sich getrennt hatten. Kendel konzentrierte sich und drang in die Gedanken jedes Einzelnen ein. Vorsichtig umwob er die Erinnerungen mit einem Schleier, sodass die Geretteten sich nicht mehr an das Aussehen der beiden Männer erinnern konnten, die ihnen geholfen hatten. Es war ihm nicht möglich, diese Gedanken zu löschen, aber sie hatten sich noch nicht im Geist verfestigt, sodass er sie in anderen Erinnerungen verstecken konnte. Es war jetzt vielleicht auf dem Markt oder in einer Taverne, wo sie die beiden Männer gesehen hatten. Und wiederum wussten sie noch, dass sie jemand gerettet hatte, aber nicht mehr, wie ihre Retter ausgesehen hatten. Es war besser so.

»Erledigt!«

Daryen nickte, und die beiden liefen in Richtung Ostviertel.

Die Geretteten schauten ihnen nach, und einer sagte leise: »Wir werden euch für immer dankbar sein.«

Die kleine Anes war wach geworden und winkte ihren Helden traurig hinterher.

»Kommt, lasst uns nach Hause gehen!«, sagte einer der jungen Männer, und die kleine Gruppe ging ihrer Wege, froh und dankbar, noch einmal davongekommen zu sein.

Von Kendels kleiner Gedankenmanipulation hatten sie nichts bemerkt. Die Freunde hatten derweil das Ostviertel erreicht. Sie schlängelten sich durch die Menschenmassen und an Ständen vorbei und kamen endlich an das Tor, das sie schon vor einiger Zeit passieren wollten. Geschützt durch Daryens Zauber, huschten sie eilig hindurch und ließen die Stadt hinter sich. Als sie ein gutes Stück von den Lichtern Glendals entfernt waren, drosselten sie das Tempo, und Kendel hielt es für einen passenden Moment, Daryen über die Vorkommnisse im Keller zu informieren.

»Ich hatte eine nette kleine Unterhaltung mit Larasan.«

Daryen schaute ihn überrascht an.

»Einer der Banditen hatte die Hexe mit einer Schale gerufen und war gerade dabei, über unsere Auslieferung zu sprechen. Als ob ich je zulassen würde, dass sie ihre Krallen an dich legt!«

»Ich hoffe, du hast ihr klargemacht, dass wir ihre Einladung schon wieder ausschlagen müssen.«

Daryen ging nicht weiter auf den letzten Teil von Kendels Erzählung ein, aber ein warmes Gefühl breitete sich in seinem Inneren aus. So wie es ihm immer erging, wenn der andere davon sprach, dass Daryen ihm wichtig war und er ihn um jeden Preis vor Unheil bewahren werde.

»So ungefähr, aber sie hatte wohl ein Problem damit, und ich habe die Verbindung unterbrochen.«

»Wie?«, fragte Daryen, und Kendel grinste.

»Na ja, es wäre möglich, dass ich die Schale hinuntergestoßen habe und sie in tausend Stücke zerbrochen ist.«

»Autsch!«, lachte Daryen. »Das wird ihr nicht gut bekommen sein! Du bist böse, Kendel!«

Kendel stimmte in das Lachen ein, und die jungen Männer genossen den kleinen Triumph, den sie errungen hatten.

Kapitel 10

Daryen hatte recht mit seiner Vermutung, dass die Zerschlagung des Zaubers für Larasan unangenehme Folgen hatte. Die Hexe hatte noch gesehen, wie Kendel die Schale hinunterwarf. In dem Augenblick, wo das Gefäß zerstört wurde, bekam sie die magische Welle mit voller Wucht zu spüren. Wie ein Peitschenhieb traf sie die nun unkontrollierte Magie und warf sie zurück. Zwar war der Kommunikationszauber kein sehr aufwendiger Spruch, doch je stärker die Magie in einem Anwender war, desto heftiger waren die Folgen eines zerschlagenen Zaubers. Benommen rappelte sich die Hexe auf und wankte zu einem Stuhl, der in dem Raum stand.

»Das wirst du mir büßen, Kendel!«, sagte sie leise.

Sie war wütend. Nicht nur, dass die beiden schon wieder entkommen waren, Kendel hatte sie auch angegriffen.

»Wartet nur, meine Süßen. Die nächste Falle wird zuschnappen, und dieses Mal werdet ihr nicht mehr entkommen.«

In Gedanken machte sie eine Notiz, die nächsten Handschellen auch gegen mechanische Manipulationen zu schützen.

Als Kendel und Daryen den Unterschlupf erreichten, lief ihnen Soltar schon entgegen. »Wo, im Namen von Nedra, wart ihr so lange?«

»Es gab ein paar Komplikationen«, meinte Kendel nur.

»Was für Komplikationen?«, wollte Tonsar wissen, der nun auch bei ihnen stand.

»Du kannst Kirin sagen, dass wir eine Gruppe Menschenjäger ausgeschaltet haben. Sie werden die Bande in einem Haus im Ostviertel finden. Wir haben es markiert. Ich denke mal, die kürzlich Verblichenen haben die Banditen schon selbst weggebracht. Einige der entführten Menschen konnten wir befreien, aber es sind noch weitere verschwunden. Ich habe eine Liste mit Käufern und Aufenthaltsorten der Opfer im Versteck gefunden. Gebt sie am besten an Kadwil weiter. Er soll sich darum kümmern. Und zwar gründlich«, sagte Kendel an Soltar gewandt.

»Wird morgen erledigt. Das wird die Leute freuen«, sagte Soltar grimmig.

Dann warf Kendel ihm noch den Beutel mit Münzen zu.

»Wenn du morgen zu Kirin gehst, gib ihm das. Damit kann der alte Filligan seine Schulden beim Doktor bezahlen und neue Medizin kaufen. Den Rest kann er nach eigenem Ermessen verteilen. Eine freundliche Spende von Gorik.«

»Mach ich!«, sagte Soltar und verstaute den Beutel in seiner Gürteltasche.

»Was ist denn noch in der Stadt passiert? Wieso ist hier von Menschenjägern die Rede? Ihr wolltet euch doch aus Ärger heraushalten«, bohrte Tonsar nach.

»Also das kann man uns wirklich nicht vorwerfen. Nicht wahr, Daryen? Die Kerle haben uns verfolgt und angegriffen, nicht umgekehrt«, sagte Kendel und verschränkte seine Arme vor der Brust. Tonsar sah die beiden durchdringend an.

»Und ihr habt nicht zufällig ein wenig nachgeholfen?«, sagte er, wobei er besonders den Schwarzhaarigen streng ansah.

Der zuckte mit den Schultern, als ob er sagen wollte:

»Was meint er denn jetzt schon wieder damit?«, sagte aber nichts.

»Es war reiner Zufall, dass sie uns ausgesucht hatten. Wir passten wohl ins Beuteschema ihres Kunden. Dass sie einen Kopfgeldauftrag für Larasan erledigen konnten, ist ihnen erst später aufgefallen«, antwortete Daryen, und ein leichtes Lächeln umspielte seine Mundwinkel, denn er hatte Tonsars Anspielung verstanden.

Kendel konnte manchmal ein Hitzkopf sein, und sein Temperament hatte sie das ein oder andere Mal in Schwierigkeiten gebracht.

»Und wieso wart ihr für mehrere Stunden weg?«, wunderte sich Soltar.

»Die Kerle haben uns mit einem Betäubungsgift außer Gefecht gesetzt. Da braucht man schon mal etwas länger.« Der Ton des Telepathen wurde langsam ungeduldig.

Sofort war Tonsar alarmiert.

»Was für ein Gift?«

»Takotis«, sagte Kendel. »Warum?«

Tonsar fluchte.

»Das Zeug kann sich auch nach Stunden noch auf euren Organismus auswirken. Wie fühlt ihr euch?«

»Uns geht es gut. Allerdings erklärt das die kleine Episode im Keller. Da wurde mir wieder kurz schwindelig.«

»Das hätte böse ins Auge gehen können. Wenn sie euch sofort zu Larasan gebracht hätten, hättet ihr ganz schön in der Patsche gesessen«, meinte Tonsar.

»Das brauchst du uns nicht zu sagen. Wir haben ganz schön Glück gehabt«, sagte Daryen. »Aber seht doch mal das Positive. Wir haben die Entführungsserie gestoppt und die Verantwortlichen geschnappt.«

»Mag sein, aber es war sehr gefährlich. Ihr müsst in Zukunft noch vorsichtiger sein, wenn ihr in die Stadt geht. Die Handlanger des Fürsten werden immer kreativer, wenn es darum geht, euch in einen Hinterhalt zu locken. Dieses Mal ist es noch gut gegangen, aber die nächste Falle könnte zuschnappen.«

»Du hast ja recht. Aber jetzt sollten wir uns wieder um unsere Rettungsmission kümmern«, sagte Kendel, und der alte Soldat nickte.

»Ich werde euch erst ein Gegengift fertig machen, das ihr nehmen werdet!«

»Später. Es geht uns gut.«

Tonsar nickte zögernd.

»Also gut, aber dann werdet ihr das Mittel nehmen! Habt ihr den Schlüssel?«, wollte er wissen.

»Natürlich! Hier!«

Der Telepath zog den Stein aus seiner Gürteltasche und zeigte ihn Tonsar.

»Perfekt, mit dem Plan von Quell und dem Schlüssel sollte es möglich sein, ungesehen in die Burg zu kommen.«

»Am besten, wir brechen morgen bei Sonnenaufgang auf«, meinte Kendel. »Es ist jetzt schon zu spät, die Sonne geht gleich auf, und wenn wir hundemüde dort ankommen, bringt es uns auch nichts.«

Plötzlich erfasste ihn wieder dieses Schwindelgefühl, und kalter Schweiß brach bei ihm aus. Seine Atmung wurde unruhig, und er taumelte. Max fing seinen Freund auf und setzte ihn sanft auf einen Stuhl.

»Kendel, was ist mit dir?«, fragte er besorgt.

»Alles in Ordnung. Mir ist nur ein wenig schwindelig.«

Auch Daryen sah nicht besonders gut aus. Er war blass. Auch er hatte Schweiß auf der Stirn stehen.

»Okay, das reicht«, sagte Tonsar bestimmt. »Ihr müsst erst das Gift vollständig aus euren Körpern bekommen. Ich werde euch jetzt einen Tee machen, den ihr austrinken werdet, egal, wie er schmeckt. Und dann sehen wir weiter. Morgen werdet ihr auf jeden Fall nirgendwo hingehen. Den Rest des Planes können wir auch noch besprechen, wenn ihr ausgeschlafen seid.«

Kendel und Daryen nickten. Tonsar war ein echter Experte, was Kräuter und Gifte anging, und sie würden auf ihn hören. Der alte Soldat ging in die Höhle und braute den beiden den Tee, der ihnen helfen sollte, ihre Körper von dem Gift zu reinigen.

»Ihr könnt einem echt leidtun!«, meinte Soltar und grinste seine Anführer an.

»Hm, wieso?«, fragte Daryen ein wenig abwesend.

»Na, wir wissen doch alle, wie die Sachen schmecken, die Tonsar zusammenbraut, um uns zu helfen«, lachte Soltar.

Daryen ging nicht weiter darauf ein. Er fühlte sich nicht besonders und hatte irgendwie das Gefühl, dass sein rechter Arm taub wurde.

»Ich glaube, Tonsar hat recht. Das Gift wirkt noch. Mein Arm fühlt sich ganz taub an«, sagte er an Kendel gewandt.

Dem ging es auch nicht besser, und er versuchte angestrengt, nicht wieder das Bewusstsein zu verlieren.

Er nickte. »Ich würde jetzt einen Heuhaufen nicht treffen, selbst wenn ich davor stehe. Alles dreht sich, und ich sehe doppelt.«

»Ein Glück, dass uns das erst jetzt trifft. Im Versteck der Banditen hätten wir keine Chance mehr gehabt zu fliehen«, stöhnte Daryen, der seinen mittlerweile vollkommen gefühllosen Arm hielt.

Als Tonsar nach einigen Minuten zurückkam, hatte er zwei riesige Becher mit einer dampfenden Flüssigkeit dabei. Er drückte sie den beiden in die Hand und befahl: »Austrinken!«

Kendel roch daran und verzog angewidert das Gesicht.

»Was ist das denn für eine Brühe? Will ich wissen, woraus du das gebraut hast?«, fragte er lauernd und sah Tonsar an.

»Nicht fragen, trinken! Und nein, du willst es nicht wissen!«

Auch Daryen verzog sein Gesicht, doch nachdem die beiden noch einmal tief Luft geholt hatten, schluckten sie den Tee hinunter.

»Ihr Götter, das schmeckt noch schlimmer, als es riecht!«, würgte Kendel.

Soltar und Max kicherten leise, als sie die Gesichter ihrer Anführer sahen, die Tonsar angewidert ihre Becher zurückgaben.

»Vielleicht, aber es neutralisiert das Gift. Ihr werdet euch jetzt hinlegen und schlafen, damit die Kräuter ihre Arbeit machen können.«

»Nichts da, wir bringen die Besprechung noch zu Ende. Du hast uns ja jetzt das Gegengift gegeben.«

»Die Besprechung kann warten. Ihr sollt euch jetzt hinlegen!«

»Ja, gleich. Wir werden das hier noch schnell zu Ende bringen. Die Zeit drängt, und wir müssen morgen unbedingt los!«

»Das denke ich nicht!«

»Tonsar, wirklich, es dauert ja auch nicht mehr lange. Wenn wir hier fertig sind, legen wir uns auch hin.«

Tonsar hatte sich mit verschränkten Armen vor ihnen aufgebaut und schaute sie streng an.

»Soltar, Max, kommt doch bitte mal her«, sagte er, und die beiden traten zu ihm.

Daryen schwante Übles.

»Was gibt das jetzt, wenn es fertig ist?«, wollte auch Kendel wissen.

»Das wirst du schon merken«, grinste Tonsar.

O ja, dachte Daryen. *Hier ist was im Busch!*

Im nächsten Augenblick verdrehten die beiden Anführer die Augen und wären der Länge nach hingeschlagen, wenn Tonsar und Max sie nicht aufgefangen hätten. Die jungen Männer waren bewusstlos und regten sich nicht mehr.

»Ihr Götter, was ist mit ihnen. Sind sie tot?«

Max war zu Tode erschrocken, und auch Soltar gab einen beunruhigten Laut von sich. Nur Tonsar blieb die Ruhe selbst.

»Keine Sorge, den beiden geht es gut. Ich habe ihnen ein Mittel unter den Tee gemischt, das die Lebensfunktionen fast auf null runterfährt. Jetzt kann sich der Körper darauf konzentrieren zu heilen.«

»Wird es ihnen schaden?«, fragte Max.

»Nein. Sie werden jetzt einige Stunden tief und fest schlafen. Danach sind sie wieder ganz die Alten. – Pack jetzt erst mal mit an!«

Vorsichtig trugen Max und Tonsar die Schlafenden in die Höhle und legten sie ins Bett. Es war unheimlich, wie sie dort lagen. Max konnte keine Atmung bemerken, und sie waren ganz blass und kalt.

»Mach dir keine Gedanken. Sie werden bald wieder wach!«

Tonsar schlug ihm freundschaftlich auf die Schulter, und Max nickte.

»Musstest du denn wirklich so drastische Mittel einsetzen?«

Der alte Soldat sah zu Soltar und meinte: »Wir kennen die beiden doch. Du hast Kendel gehört. Er wollte sofort weitermachen. Sie brauchen Ruhe, und irgendwie musste ich sie ja ruhigstellen.«

»Ist das Gift denn wirklich so schlimm?«, wollte Max wissen.

Max war trotz seines furchteinflößenden Erscheinungsbildes ein sehr fürsorglicher Mensch, dem das Wohl seiner Freunde über alles ging, und Kendel und Daryen in dem Zustand zu sehen hatte ihm Angst gemacht. Er machte sich Sorgen, da er nicht einschätzen konnte, was das Gift alles anstellen konnte.

»Es ist nicht das Schlimmste, was ihnen verabreicht hätte werden können, aber auch nicht harmlos. Es kann auch nach Stunden noch dazu führen, dass man das Bewusstsein verliert. Hin und wieder kann es auch passieren, dass Arme und Beine plötzlich einfach ihren Dienst versagen. Schwindel und Orientierungslosigkeit sind weitere Symptome. In einem Kampf hätte das für die beiden üble Folgen haben können.«

Max nickte ernst.

Am nächsten Tag gegen Mittag fingen die Bewusstlosen langsam an, sich zu rühren.

Daryen wurde als Erster wach. Blinzelnd öffnete er die Augen und versuchte, sich aufzusetzen. Er stöhnte auf, als sich alles um ihn drehte und das Blut in seinen Ohren rauschte.

»Du solltest es langsam angehen lassen. Gib deinem Kreislauf die Möglichkeit, auch wach zu werden.«

Tonsar hatte ein waches Auge auf seine Freunde gehabt.

»Was ist passiert?«, fragte Daryen leise und atmete langsam ein und aus.

Langsam ließ das Schwindelgefühl nach, und auch das Rauschen verschwand.

»Nichts, ich habe nur dafür gesorgt, dass ihr euch auskuriert.«

Daryen sah zu Tonsar, der ihm schmunzelnd einen Becher mit Tee hinhielt.

»Aha«, meinte Daryen nur und nahm den Becher entgegen.

»Wie geht es dir?«

Daryen versuchte seinen rechten Arm zu bewegen. Es klappte ohne Probleme.

»Gut. Es scheint, dass das Gift seine Wirkung verloren hat.«

Tonsar nickte zufrieden. Eine Bewegung ließ sie zum Nachbarbett blicken. Auch Kendel wurde schließlich wach.

»Ich hoffe, du hast eine sehr gute Erklärung dafür!«, fluchte er.

»Dir auch einen guten Morgen – oder vielmehr Mittag«, lachte Tonsar.

»Was sollte das?«

»Ich denke, die Frage kannst du dir selbst beantworten.«

»Keine Ahnung, wovon du sprichst.« Kendel hatte sich ebenfalls aufgesetzt und bekam einen Becher in die Hand gedrückt.

»Nicht? Was hab ich euch gestern gesagt, nachdem ihr den Tee getrunken hattet?«

Kendel versuchte, sich zu erinnern.

»Irgendwas mit Ausruhen, oder?«

»Was hast du drauf geantwortet?«

»Dass es nicht nötig ist.«

»Da hast du deine Erklärung!«

»Ja, Botschaft angekommen!«, murrte Kendel und trank einen Schluck Tee.

»Gut. Nachdem das geklärt ist, würde ich sagen, dass ihr euch etwas frisch macht und dann nach draußen kommt. Sowie ihr fertig seid, machen wir mit der Besprechung weiter.«

Tonsar ging nach draußen, und die beiden kämpften sich auf die Beine.

»Erinnere mich daran, mir Tonsar niemals zum Feind zu machen. Das kann lebensgefährlich werden.«

Daryen lachte.

»Aber du musst zugeben, dass er bei dir recht hatte. Warum ich allerdings auch dieses Zeug bekommen habe, ist mir schleierhaft.«

Kendel warf sein Kissen nach Daryen. »Weil du keinen Deut besser bist als ich, darum!«

Der Magier wich dem Geschoss lachend aus.

»Daneben!«

Kendel streckte ihm die Zunge raus und stolzierte an ihm vorbei.

»Sehr erwachsen«, grinste Daryen und folgte seinem Freund.

Sie gingen ins Bad und machten sich fertig. Danach sahen sie zu, dass sie nach draußen kamen, um endlich diese Besprechung zu Ende zu bringen. Durch ihren kleinen Schönheitsschlaf hatten sie schon einen ganzen Tag verloren, und Zeit war nichts, was sie im Überfluss zur Verfügung hatten. Soltar sah die beiden, als sie die Höhle verließen.

»Na, ihr Langschläfer. Wurde auch langsam Zeit, dass ihr mal die Äuglein öffnet.«

Die Anführer gingen zu den anderen, und Kendel gab Soltar im Vorbeigehen eine Kopfnuss.

»Aua, hey, wofür war das denn?«, maulte der Dieb, während er sich die Stelle am Kopf rieb, wo Kendel ihn getroffen hatte.

»Für dein charmantes Wesen!«, lachte der.

Als sie zum Lagerfeuer kamen, wo auch Max und Tonsar schon saßen, nickte ihnen der Ältere zu.

»Wie geht es euch beiden jetzt?«, wollte er wissen.

»Sehr viel besser«, meinte Daryen, und Kendel nickte.

»Dein Tee hat zwar selber wie Gift geschmeckt und hatte eine wahrhaft umwerfende Wirkung«, meinte er, und ein leichter Schauer durchfuhr ihn bei dem Gedanken an das Gebräu. »Aber er hat geholfen.«

Tonsar schmunzelte und sagte dann ernster: »Dann können wir ja da weitermachen, wo wir gestern aufgehört haben!«

Kendel und Daryen nickten und setzten sich zu den anderen. Max hatte eine Karte der Gegend ausgebreitet, und die Rebellen arbeiteten an einem Plan.

»Das Beste wird sein, wenn wir diesen Weg nehmen. Er führt uns durch den Akoriwald. Dort bieten sich viele Versteckmöglichkeiten, und wir könnten eventuelle Verfolger gut abschütteln«, sagte der Magier und fuhr mit seinem Zeigefinger eine Linie über der Karte nach.

Kendel nickte. »Wir werden wohl zunächst nur langsam vorankommen, wegen der ganzen Patrouillen, die sich um die Stadt verteilen. Die Burg müssten wir so gegen Abend erreichen. Dann gehen wir rein, holen den Grafen raus und sind zum Frühstück wieder hier«, sagte er.

»Bei dir hört es sich an, als würden wir einen Ausflug machen«, meinte Daryen und schüttelte den Kopf.

»So ungefähr habe ich es mir auch vorgestellt!«, sagte Kendel und lachte leise.

Daryen verdrehte die Augen und stöhnte: »Das kann ja heiter werden!«

»Was macht ihr mit dem Grafen und seiner Frau? Ihr könnt sie nicht mit ins Lager nehmen«, gab Tonsar zu bedenken.

»Wir werden sie bei Baron Teal abliefern. Das liegt fast auf dem Weg, und von dort können die beiden ihre weitere Flucht angehen«, antwortete Daryen.

»Guter Plan. Im Moment kommen viele Karawanen an Teals Burg vorbei. Dort könnten sie ohne Probleme untertauchen und bis weit ins Nachbarreich mitreisen«, bekräftigte Tonsar.

»Es wird zwar etwas ungewohnt für die Herrschaften sein, aber immer noch besser, als hingerichtet zu werden«, meinte Daryen.

»Gehen wir alle?«, wollte Max wissen.

Daryen schüttelte den Kopf: »Nein, besser nicht. Sollte sich das Ganze als Falle herausstellen, können wir Rückendeckung gut gebrauchen. Außerdem benötigen die Leute aus dem Dorf noch Anweisungen für den nächsten Angriff. Soltar, du solltest im Gasthaus den Trupp Soldaten ein wenig aushorchen, ganz diskret, versteht sich.«

Soltar nickte.

»Ja, Hagart muss wissen, wie viele Männer den Tross begleiten. Also heißt es wohl nur du und ich!«, grinste Kendel.

»Warum immer ich! Bei allen Göttern, was habe ich nur getan?!«

»Wo bleibt dein Sinn fürs Abenteuer?«

»Den habe ich verloren, als du unbedingt in diese Spelunke gehen musstest und die anwesenden Soldaten glaubten, sie könnten sich einen Orden verdienen. Ich schätze, irgendwo da müsste dieser Sinn jetzt liegen.«

Daryen seufzte und dachte an das kleine Abenteuer zurück, das ein paar Wochen zurücklag.

»So viel zu deinen Ideen und Sinn fürs Abenteuer.«

»Ich weiß gar nicht, was du hast, das war doch sehr erheiternd!«

»Noch ein Wort, und es setzt was!«, erwiderte Daryen und drohte Kendel mit der geballten Faust, kämpfte aber gleichzeitig mit einem Grinsen.

»Was meinst du, die volle Ausrüstung oder leichtes Gepäck?«, wollte Kendel wissen.

»Leichtes Gepäck, sonst sind wir fix und fertig, bevor wir bei der Burg angekommen sind.«

»Was ist, wenn sich das als Falle herausstellt?« Tonsar gefiel die Sache ganz und gar nicht.

»Daran haben wir auch schon gedacht. Aber wenn es auch nur die kleinste Möglichkeit gibt, dem Grafen zu helfen, sollten wir es versuchen!«

Kendel verstand Tonsar gut. Auch er hatte ein ungutes Gefühl bei der Sache.

»Gebt uns drei Tage! Sollten wir bis dahin nicht zurück sein und ihr nichts von uns gehört haben, schickt die Kavallerie. Dann war es eine Falle!«, meinte er, und Tonsar nickte.

Daryen gab Tonsar die Karte und zeigte ihm alles, was sie für eine Rettungsaktion wissen mussten. Kendel hatte sich die Karte gut eingeprägt, sodass er im Notfall schnell einen Fluchtweg finden konnte. Da das Notwendige geklärt war, machte sich die Gruppe daran, alles für den nächsten Tag vorzubereiten und ausstehende Aufgaben zu erledigen. Soltar ging ins nächste Dorf, um das Geld und die Instruktionen abzuliefern, und kehrte erst spät wieder zurück. Max musste einige Besorgungen in der Stadt erledigen und war ebenfalls erst am Nachmittag wieder da.

Am Abend saßen alle am Feuer und aßen eine leckere Suppe, die ihnen Tonsar aus frischem Fenchel und Kräutern gezaubert hatte. Er hatte für Kendels und Daryens Tour extra noch frisches Brot gebacken, und Max hatte aus der Stadt noch einige andere Vorräte geholt.

»In der Stadt gab es heute ein Riesentheater. Man hat eure ›Geschenke‹ in dem Haus gefunden. Die Entführten sind am nächsten Morgen zur Stadtwache gegangen und haben gesagt, was passiert ist. Jetzt mussten diese Armleuchter reagieren, sonst hätten die Bewohner den Aufstand geprobt. Die Kerle wurden festgenommen und eindringlich befragt. Wenn man den Gerüchten glauben kann, sind einige unschöne Details über diverse angesehene Bürger ans Tageslicht gekommen. Auch von den geheimnisvollen Rettern ist die Rede, von denen niemand weiß, wer sie sind!«

»Sie konnten keine Personenbeschreibung geben?«, hakte Kendel nach.

Max schüttelte den Kopf.

»Man hat die Entführten wohl ausgiebig danach gefragt, aber keiner konnte sich genau erinnern.«

Kendel nickte zufrieden.

»Hast du Kadwil die Informationen weitergegeben?«, fragte Daryen den jungen Dieb.

»Ja, ich denke, dass er die Sache sehr gründlich erledigen wird. Einer seiner Freunde hat einen Sohn, der auch entführt wurde. Ich schätze, es wird demnächst ein paar tragische Unfälle in der Stadt geben. Wir wissen doch, dass der Richter keinen der Bastarde anklagen wird. Sie sind zu reich und stehen unter dem Schutz des Fürsten.«

»Ich hoffe, sie finden die anderen Opfer noch lebend«, meinte Max.

»Das hoffen wir alle«, stimmte Tonsar zu.

Nach dem Essen packten die beiden Anführer ihre Taschen und kontrollierten ihre Waffen.

»Glaubst du, es wird Schwierigkeiten geben?«, fragte Daryen leise.

Kendel, der gerade einen seiner Dolche geprüft hatte, runzelte die Stirn, als er antwortete: »Ich hoffe nicht! Eine Flucht mit zweien im Schlepptau, die nicht kämpfen können, wäre kein Zuckerschlecken. Wir müssen einfach darauf hoffen, dass alles klappt.«

Er steckte den Dolch energisch in seinen Armschutz, und Daryen nickte. Es war stockdunkel draußen, als sie fertig waren, und Daryen legte sich auf sein Bett. Er war hundemüde, und der Gedanke, am nächsten Morgen in aller Frühe loszumüssen, erfüllte ihn nicht gerade mit Vorfreude.

»Sei lieb, wenn du mich morgen weckst!«, gähnte er und schlief sofort ein.

»Deine Nerven möchte ich haben!«, sagte Kendel, als er sah, dass sein Freund bereits tief und fest schlief.

Kendel war klar, dass auch er sich langsam hinlegen sollte, denn morgen würde eine anstrengende Mission vor ihnen liegen, doch er konnte nicht. Irgendetwas lag in der Luft, eine Art Vorahnung, die ihn nicht zur Ruhe kommen ließ. Von draußen kam Tonsar auf ihn zu und sagte: »Seid bitte vorsichtig! Ich weiß nicht wieso, aber ich habe ein merkwürdiges Gefühl bei der Sache.«

»Ich weiß, was du meinst. Mir geht es genauso. Irgendetwas stimmt hier nicht, aber ich kann es nicht richtig greifen.«

»Wer weiß, was hinter dieser Geschichte steckt!«, raunte Tonsar und starrte nach draußen.

»Mach dir keine Sorgen, ich verspreche dir, dass wir auf uns aufpassen werden.«

»Geht keine unnötigen Risiken ein!«, schärfte Tonsar ihm ein.

Kendel nickte, und sein Freund ging zum Feuer zurück. Tonsar hatte die erste Wache übernommen, und Kendel blickte dem alten Kameraden nachdenklich hinterher.

Dann legte er sich hin und starrte an die Höhlendecke. Tausend Gedanken schwirrten in seinem Kopf herum. Bilder aus der Vergangenheit tauchten aus den Tiefen seiner Erinnerungen auf, an die er schon lange nicht mehr gedacht hatte. Bilder und Erinnerungen aus einer glücklicheren Zeit mit seiner Familie. Für einen kurzen Moment spürte er eine tiefe Traurigkeit. So viel war für immer verloren, und es schmerzte ihn. Doch dann zwang er diese Erinnerungen tief in sein Unterbewusstsein zurück. Es brachte nichts, der Vergangenheit hinterherzutrauern.

Das Hier und Jetzt zählte. Und das bedeutete, dass sie bei dieser Mission erfolgreich sein mussten. Immer wieder ging Kendel ihren Plan durch, um Schwachstellen zu finden. Aber irgendwann übermannte auch ihn die Müdigkeit, und er schlief ein.

Kapitel 11

Am nächsten Morgen.

»Aufstehen, du Faulpelz! Wir müssen los!«

Kendel versuchte, Daryen wach zu bekommen. Keine leichte oder ungefährliche Aufgabe. Der Blonde schlug die Hand weg und zog sich die Decke über den Kopf. Kendel verdrehte die Augen und zog seinem Freund kurzerhand den dünnen Stoff weg.

»Daryen, los, steh auf. Wir haben es eilig!«

Er versuchte, leise zu sein, um die anderen, die etwas abseits lagen, nicht zu wecken.

»Wer ist eigentlich auf die Idee gekommen, vor Sonnenaufgang loszugehen? Nein, sag nichts, das kann nur dein Hirn hervorgebracht haben«, stöhnte Daryen und kämpfte sich mühsam hoch.

»Los, du Langschläfer, wir sind spät dran!«

»Spät? Hast du mal nach draußen gesehen? Die Sonne ist ja noch nicht mal aufgegangen – und du sagst, es ist spät!«

Es war offensichtlich, dass Daryen kein Frühaufsteher war.

»Wenn du jetzt schön artig aufstehst, bekommst du auch ein leckeres Frühstück«, sagte Kendel leise lachend und zwinkerte seinem Freund zu.

»Jaja, ich bin schon wach!«

»Ja, das sehe ich!«, neckte ihn Kendel.

Daryen warf ihm einen finsteren Blick zu, doch der prallte an dem Schwarzhaarigen ab. Immer noch vor sich hin murrend, stand der Magier auf und ging zum Bach, um sich zu waschen. Danach war er zwar endlich ganz wach, aber nicht besser gelaunt.

Schnell zog er sich seine Sachen an und ging nach draußen, wo Kendel bereits mit einem Frühstück auf ihn wartete. Missmutig biss er in die Scheibe Brot, die ihm der andere belegt hatte, und trank einen Schluck Tee. Wenigstens hatte Kendel den Zucker nicht vergessen.

»Bist du fertig?«

»Argh, hetz mich nicht so!«

Er stand auf, warf lässig seinen Zopf nach hinten, schnappte sich seine Tasche und sagte theatralisch: »Nun denn, großer Anführer, wir können endlich los, dem Sonnenaufgang entgegen!«

Kendel lachte und griff nach seiner Tasche.

»Dann auf ins Abenteuer!«

Es war noch etwas frisch, und über dem Boden lag ein feiner Nebeldunst. Die Vögel begannen zu zwitschern, und überall konnte man es rascheln hören. Am Horizont ging die Sonne auf und tauchte den Himmel in ein wunderschönes Farbenspiel aus Lila, Rosa und Gold. Der Telepath liebte diese Zeit, wenn alles langsam wach wurde. Anders als Daryen, dessen Laune sich noch immer auf dem Tiefpunkt befand.

»Wieso muss ich eigentlich in aller Herrgottsfrühe durch den vernebelten Wald marschieren, nur weil dein alter Freund, der Graf, nicht in der Lage gewesen ist, sich selbst zu schützen?«, maulte er vor sich hin. »Warum mache ich bei so einer bescheuerten Aktion mit? Ich könnte jetzt schön in warme Decken gekuschelt in unserem Lager liegen und süße Träume haben. Aber nein, ich muss ja wieder einmal zur Rettung eilen. Weil einer von uns mal gelesen hat, dass Rettungsmissionen immer vor Sonnenaufgang starten müssen.«

Kendel musste grinsen. Als Daryen zu weiteren

Schimpftiraden ansetzen wollte, beugte er sich zu ihm und verschloss ihm kurzerhand mit einem Kuss die Lippen.

»Was war das denn?«, meinte er ein wenig atemlos.

»Na, irgendwie musste ich dein Gemeckere unterbrechen«, sagte Kendel, und ein sanftes Lächeln umspielte seine Mundwinkel.

»Eine interessante Art!«, stellte Daryen grinsend fest.

»Nicht wahr. Funktioniert immer!«

»Wirklich? Immer?« Daryen blickte seinen Freund lauernd an.

»Damit könnte ich sogar Larasan zum Schweigen bringen.«

»Lassen wir es besser nicht darauf ankommen!«

»Nein, besser nicht!«

Der Schwarzhaarige wandte sich von seinem Freund ab und schien tief in Gedanken zu versinken, während Daryen sanft seine Lippen berührte, die Kendel gerade geküsst hatte. Still gingen beide weiter.

Kendel hatte sich schnell umgedreht, um das Verlangen zu unterdrücken, den blonden Mann nicht einfach zu packen und den Kuss zu wiederholen. Was hatte er sich nur dabei gedacht? Das hätte in einer Katastrophe enden können. Immerhin wusste er nicht, ob sein Freund die gleichen Gefühle hegte wie er selbst. Wenn er nur endlich den Mut aufbringen könnte, Daryen zu sagen, was er für ihn empfand. Kendel seufzte leise auf und nahm sich fest vor, mit ihm zu reden, wenn sie wieder zurück waren. Bei ihrem gefährlichen Lebensstil konnte jeder Tag der letzte sein, und Kendel wollte nicht, dass er ins Dunkle Land kam, ohne Daryen seine Liebe gestanden zu haben. Doch zuerst mussten sie ihre Aufgabe erfüllen.

Wenn Kendel jetzt nur den Gedanken seines Freundes gelauscht hätte!

Daryens Herz war bei dem Kuss kurz stehen geblieben. Diese sanfte Berührung ihrer Lippen hatte etwas in ihm entfacht, ein Gefühl, das er nicht in Worte fassen konnte, von dem er aber unbedingt mehr wollte. Er wünschte sich so sehr, dass es nicht nur Neckereien von Kendel wären, sondern dass der Schwarzhaarige wirklich etwas für ihn empfinden könnte, das mehr als Freundschaft war.

Es wurde ihm immer klarer, dass es bei ihm schon lange über das Freundschaftliche hinausgewachsen war, was er für den Telepathen empfand, zu etwas Größerem, Tieferen geworden war. Solche Gefühle waren ihm neu, denn er hatte noch nie so für einen anderen Menschen empfunden. Konnte es Liebe sein?

So hingen beide ihren Gedanken nach, während sie weiterzogen.

Obwohl sie, um möglichen Patrouillen aus dem Weg zu gehen, nicht den direkten Weg zur Burg nahmen, mussten sie sich mehrere Male ins Gebüsch werfen, da sie Späher des Feindes bemerkten.

»Den nächsten werde ich einfach ausschalten. Ich habe langsam keine Lust mehr, mich ständig in den Dreck zu werfen«, maulte Daryen und wischte sich den Staub von der Kleidung.

Kendel grinste. »Tu dir keinen Zwang an.«

»Wie kommt es, dass anscheinend immer nur ich im Dreck lande?«

»Keine Ahnung? Vielleicht bin ich einfach besser.«

Der junge Magier verdrehte die Augen.

»Könntest du dann freundlicherweise vielleicht mal

nachsehen, ob das alle Soldaten waren, die uns lästig werden könnten!«

Kendel deutete eine Verbeugung an. »Aber natürlich!«

Er konzentrierte sich und suchte mit seinen telepathischen Kräften die Umgebung ab.

Doch er konnte keine Soldaten »sehen«.

»Die Luft ist rein.«

»Na, dann weiter!«

Sie hatten den Wald schon lange hinter sich gelassen und nahmen nun die weniger genutzten Nebenstraßen, um kein Risiko einzugehen. Das bedeutete zwar einen Umweg, war aber sehr viel sicherer als die Hauptstraße. Je weiter sie die Stadt hinter sich ließen, desto seltener trafen sie auf Soldaten. Die Sonne brannte auf sie herunter, und es war höllisch warm. Keine Wolke war am Himmel zu sehen, und keine Brise versprach wenigstens etwas Abkühlung.

Nach einigen Stunden konnte man die ersten Bäume des Waldes erkennen, durch den sie zur Burg gelangen würden. Erleichtert gingen sie darauf zu. Der Wald war riesig und erstreckte sich vor ihnen, so weit das Auge reichte. Endlich entkamen sie der brütenden Hitze der Mittagssonne, die sich direkt über ihnen befand. Als sie an einer kleinen Lichtung vorbeikamen, sagte Kendel: »Okay, ich brauche eine Pause. Mein Magen rebelliert gerade. Ich brauche dringend was zu essen.«

Daryen nickte. »Wo du recht hast, hast du recht. Ich sterbe auch fast vor Hunger. Da drüben am Fluss ist ein guter Platz zum Rasten.«

Sie ließen ihre Taschen an einem Baum stehen und gingen zum Wasser, um sich abzukühlen. Der Fluss war nicht besonders tief und die Strömung sehr langsam. Das

Wasser war kristallklar. Kendel ließ sich mitsamt seiner Kleidung ins Wasser fallen und tauchte kurz unter. Daryen schüttelte lachend den Kopf, als sein Freund triefend nass auftauchte, und fragte: »Und, wie ist es?«

Kendel grinste: »Probier es aus.«

Daryen sah das Grinsen und meinte noch: »Wage es nicht!«

Doch schon packte sein Freund den blonden Magier mit seiner Gabe und ließ ihn ins Wasser fallen. Der schaffte es gerade noch, Luft zu holen, bevor sein Kopf unter Wasser verschwand. Prustend kam er an die Oberfläche und strich sich seine nassen Haare aus dem Gesicht.

Er schaute Kendel böse an und sagte mit ätzendem Unterton: »Vielen Dank!«

»Gern geschehen!«, lachte Kendel, und Daryen schleuderte ihm eine Handvoll Wasser ins Gesicht.

Das kalte, frische Nass tat nach der glühenden Hitze gut, und sie fühlten sich erholt und regeneriert.

»Na toll, jetzt sind meine Stiefel tropfnass«, stöhnte Daryen, als er ans Ufer kletterte.

Kendel lachte leise und kam ebenfalls aus dem Wasser. Er zog seine Stiefel aus und drehte sie um. Das Wasser lief heraus, und er meinte: »Macht doch nichts. Das trocknet schon wieder.«

Dann zog er sein Oberteil aus und legte es auf einen niedrig gewachsenen Busch zum Trocknen. Daryen tat es ihm gleich. Ihre klatschnassen Stiefel stellten sie in die pralle Sonne.

Sie setzten sich unter einen Baum in den Schatten und ließen sich ihr Essen schmecken, während ihre Kleidung langsam trocknete. Daryen schnitt einige Scheiben des frischen Brotes ab, das Tonsar ihnen gebacken hatte, worauf Kendel die Scheiben mit Honigblättern belegte. Süße, hauchdünne Lagen aus in Honig getränkten Blütenblättern des Kirrbaumes. Immerhin hatte Max sie extra für sie aus der Stadt geholt. Kendel gab einige Kräuter in ihre Becher und goss Wasser dazu. Das ergab eine erfrischende Limonade, die bei der Hitze guttat. Nach dem Essen ruhten sie sich noch ein wenig aus. Diesen kleinen Luxus gönnten sie sich.

»Sag mal, warum willst du dem Grafen unbedingt helfen? Abgesehen von den üblichen Gründen«, wollte Daryen wissen.

Kendel lag auf dem Rücken und hatte die Hände hinterm Kopf verschränkt. Er hatte die Augen geschlossen und genoss den Moment.

»Er war ein Freund unseres Vaters und gehörte fast schon zur Familie. Seine erste Frau, Lian, war immer für meine Schwester Keren und mich da. Sie hat mehr als einen Streich mit uns ausgeheckt, als wir noch Kinder waren.«

Bei den Worten lag ein leichtes Lächeln auf Kendels Lippen.

»Als sie starb, war es für uns alle ein Schock. Der Graf zog sich fast vollkommen zurück und wurde immer merkwürdiger. Seine zweite Frau ist das genaue Gegenteil von Lian. Kalt, berechnend und machthungrig. Sie war eine Zofe von Lian, und wir konnten sie nie leiden. Meine Eltern versuchten ihm klarzumachen, dass sie nicht die Richtige ist, aber vergebens. Der Kontakt brach ab, und ich habe ihn seitdem nicht mehr gesehen. Trotzdem muss ich ihm helfen, und sei es nur der alten Zeiten wegen.«

»Was, glaubst du, hat er getan, um vom Fürsten zum Tode verurteilt zu werden? Dem Widerstand gehört er doch nicht an, oder?«

Kendel seufzte. »Ich weiß es nicht! Wie er zum Fürsten steht, kann ich nicht sagen. Aber du weißt doch selber, dass es heutzutage schon reicht, in einem falschen Moment das Falsche zu sagen, um verhaftet zu werden. Vielleicht hat er sich geweigert, dem Herrscher der Finsternis die Treue zu schwören. Auch wenn ich zugeben muss, dass wir darüber keine Informationen bekommen konnten. Vielleicht ist es ja dieser Punkt, der mich so stört«, sagte Kendel.

»Was meinst du?«

»Ich weiß nicht, aber findest du es nicht auch merkwürdig, dass wir nur herausbekommen konnten, dass er hingerichtet werden soll und sich auf Burg Kardia aufhält?«, gab Kendel zu bedenken. »Keine weiteren Hintergründe über das Warum.«

Daryen nickte. Doch so schnell, wie sich Zweifel in ihnen bemerkbar machten, verdrängten sie sie auch wieder.

»Das hat bestimmt nichts zu bedeuten!«, meinte Daryen.

»Ja, wahrscheinlich gab es nicht mehr herauszufinden. Und das Wichtigste, nämlich wo er sich aufhält, wissen wir ja!«, pflichtete ihm Kendel bei.

Sie genossen noch einen Moment die Erholungspause, bis Daryen sich aufrappelte.

»So gemütlich es auch ist, ich fürchte, wir müssen weiter«, seufzte er.

Kendel öffnete die Augen und murrte, stand dann aber auch auf.

Sie zogen ihre Hemden wieder an, die wie ihre Hosen mittlerweile trocken waren. Die Stiefel waren es leider nicht, und Daryen warf Kendel einen vorwurfsvollen Blick zu.

»Also anschleichen ist damit nicht drin«, meinte er.

»Vielleicht könntest du ja ein wenig nachhelfen?«, sagte Kendel und schaute seinen Freund mit einem Hundeblick an.

Daryen wob einen kurzen Zauber, und ihre Stiefel waren wieder trocken.

»Danke!«, grinste Kendel.

»Eigentlich hätte ich dich zur Strafe mit deinen nassen Stiefeln losgehen lassen sollen.«

»Ah, aber du liebst mich doch und willst nicht, dass ich mir eine Lungenentzündung hole, oder?«

Daryen schnaubte und wandte sich ab, sodass Kendel nicht die Röte sehen konnte, die ihm ins Gesicht fuhr. Auch wenn sein Freund nur einen Scherz gemacht hatte, so hatte er doch etwas in ihm berührt, dessen Bedeutung er noch nicht in Worte fassen konnte. Sie packten schnell ihre Sachen zusammen, füllten ihre Wasserschläuche auf und machten sich wieder auf den Weg. Sie kamen ohne Zwischenfälle weiter und erreichten die Burg kurz vor Sonnenuntergang.

Das Licht der untergehenden Sonne verlieh dem Gebäude eine unheimliche und bedrohliche Atmosphäre. Burg Kardia lag an einer Felsklippe, die steil nach unten abfiel und so die komplette Rückseite gegen Angriffe schützte, während die trutzigen Mauern aus dunklem Stein auch die Vorderseite perfekt verteidigen konnten. Das Gebäude hatte enorme Ausmaße und konnte bestimmt gut tausend Soldaten Unterschlupf gewähren. In den Plänen der Burg waren etliche Räume eingezeichnet gewesen, die für die Burgherren reserviert waren. Wer immer diesen Ort erbaut hatte, schien eine große Familie gehabt zu haben.

Es gab eine autarke Wasserversorgung, und der Hof war groß genug, um dort auch Gemüse und Obst anzubauen. Die Bewohner konnten somit auch für längere Zeit einer Belagerung standhalten. Der Wald vor der Festung war zum größten Teil gerodet worden, sodass man Angreifer schon früh entdecken konnte. Lediglich an der Burgmauer selber gab es noch Bäume und Sträucher, die wohl im Notfall für die Versorgung mit Brennholz gedacht waren. Oben auf dem Wehrgang und am Tor konnte man Soldaten erkennen, die Wache hielten. Der Zugang zur Burg selbst wurde neben einem massiven Holztor zusätzlich mit einem schweren Eisengitter versperrt.

»Was für ein nettes und gemütliches Heim. Ob wir wohl schon erwartet werden?«, meinte Kendel und konzentrierte sich wieder.

Er nutzte seine Gabe, um die Gedanken ihrer Gegner und somit ihren Standort und ihre Anzahl herauszufinden. Doch er hatte das Gefühl, dass er nicht alles erfassen konnte. So, als ob ein dünner Schleier den Blick trübte.

»Merkwürdig. Ich kann zwar die Präsenz der Wachen spüren, aber da ist noch etwas anderes. Ich kann nur nicht sagen, was es ist.«

»Ist das ein gutes oder ein schlechtes Zeichen? Kannst du nicht etwas Genaueres fühlen?«

»Leider nicht. Es ist schwer zu deuten. Wie eine Art Flimmern, mehr kann ich dir auch nicht sagen.«

Daryen sah zur Burg und meinte: »Wir warten, bis es ganz dunkel ist, und gehen dann rein!«

»Dann hoffen wir mal, dass alles glattgeht!«

Von den Wachen wurden sie nicht bemerkt.

Kendel beobachtete die Umgebung.

»Ich werd mal ein wenig die Gegend erkunden, solange es noch nicht zu dunkel ist. Vielleicht muss es später schnell gehen. Behalte du die Burg im Auge!« Lautlos wie ein Schatten verschwand er im dichten Unterholz. Daryen beobachtete die Burg. Doch er konnte nichts Ungewöhnliches feststellen. Sein Freund kam zurück und duckte sich neben Daryen ins Gebüsch.

»Und, gibt es was Interessantes zu sehen?«

»Nein, die Wachen stehen brav am Tor und auf ihren Posten oben auf der Mauer. Es ist keiner rein- oder rausgekommen, auch sonst sind keinerlei verdächtige Personen in der Nähe der Burg aufgetaucht, wenn man von uns mal absieht.«

»Ich schätze, dass wir es jetzt wagen können. Die Sonne ist fast untergegangen. Es ist dunkel genug.«

Sie versteckten ihren Proviant und machten sich auf den Weg. Leise ging Kendel voran, Daryen hinterher. Durch ihre schwarze Kleidung verschmolzen sie mit den Schatten und blieben von den Wachen unbemerkt. Vorsichtig näherten sie sich der Burg.

Kapitel 12

Daryen spürte, umso näher sie der Festung kamen, ein seltsames Kribbeln. Es war, als würde er von einer magischen Energie getroffen. Kein Zauber, der von einem Magieanwender geschaffen worden war, sondern etwas Wildes.

Etwas Ursprüngliches.

Eine Magie, ungebunden und alt.

Daryen konzentrierte sich und blockte die Kraft.

»Alles in Ordnung mit dir?«, wollte Kendel wissen, der das Zögern seines Freundes mitbekommen hatte.

»Alles bestens, hier gibt es nur eine Quelle magischer Energie, die nicht kontrolliert wird.«

»Und das heißt?«, fragte Kendel alarmiert und blieb abrupt stehen.

»Hier scheint ein Ort alter Magie zu sein.«

»Kann uns das schaden?«, wollte Kendel wissen, doch Daryen schüttelte den Kopf.

»Kein Grund zur Panik! Wer weiß, wie alt diese Burg schon ist und wer sie erbaut hat. Vielleicht gab es hier früher einen magischen Zirkel, und die Energien ihrer Zauber haben sich an diesem Ort erhalten. Vielleicht ist das auch der Grund, warum deine Gabe hier verrücktspielt.«

»Ja, aber kann es uns schaden?«, fragte der Schwarzhaarige jetzt doch schon ein wenig besorgter.

»Nein. Die Magie ist zwar nicht durch einen Magier kontrolliert, aber somit ist sie auch nicht auf ein Ziel gerichtet und wird uns nicht angreifen.«

»Woher willst du das wissen?«

»Mach dir keine Sorgen. Ich kann die Energien zwar

spüren, aber sie sind nicht gefährlich für uns, zumindest im Moment. Ich werde sie im Auge behalten. Vertraue mir einfach!«

Kendel nickte zögernd.

Als sie die Mauer erreicht hatten, liefen sie an ihr entlang, bis sie an der Klippe standen. Jetzt erst konnte man erkennen, dass an der Rückseite der Burg ein schmaler Absatz von etwa zwei Metern verlief. Dahinter gähnte ein Abgrund. Die beiden gingen weiter an der Mauer entlang, bis sie eine unscheinbare Türe entdeckten. Daryen legte seine Hand auf die Steinwand und griff nach seiner Gabe, um die Tür genauer zu untersuchen. Er konnte eine schwache magische Aura spüren, die wohl zu einem Alarm gehörte. Als er weitersuchte, fand er über seinem Kopf am Rahmen ein in den Stein geritztes Symbol. Er stieß Kendel kurz an und deutete darauf. Es hatte die gleiche Form wie das Amulett, das sie dem Kaufmann gestohlen hatten. Auch die Symbole, die in das Teil geschnitzt waren, entsprachen den Symbolen über der Tür. Kendel begriff. Er nahm den Schlüssel aus seiner Tasche und hielt ihn an das Symbol. Ein Flimmern legte sich kurz über den Eingang. Sie konnten die Tür jetzt öffnen. Vor ihnen war ein schmaler Gang, der in völliger Dunkelheit lag.

Daryen erzeugte eine kleine Lichtkugel und ließ sie vor ihnen herschweben. Sie folgten dem engen Flur eine Zeit lang, bis sie eine weitere Holztür erreichten. Er ließ die Lichtquelle verschwinden, während Kendel die Tür vorsichtig einen Spalt öffnete und nachschaute, ob Gegner auf der anderen Seite lauerten. Als er niemanden sehen konnte, trat er leise durch die Tür. Der Magier schloss zu ihm auf. Der Gang führte sie in einen großen Saal. Über ihnen schwebte ein riesiger Kronleuchter, und etliche weitere Gänge zweigten von der Halle ab. An einer Seite führte eine imposante Doppeltreppe nach oben. Alles war hier eher spärlich eingerichtet, da dieser Teil der Burg wohl der Verteidigung diente. Die Wohnbereiche mussten in einem anderen Flügel liegen, der nach hinten zum Abhang zeigte und so vor Angriffen gut geschützt war.

Kendel, der sich die Pläne der Burg eingeprägt hatte, fand sich schnell zurecht. Sie waren im Ostflügel. Rechts von ihnen musste es einen Gang geben, der sie direkt in den Burghof führen würde. Sie schauten sich um und lauschten auf ihre Umgebung.

Es war niemand zu sehen, die Halle war menschenleer. Als sie das Gebäude betreten hatten, hatten sie eine Art kalten Hauch gespürt, und für einen kurzen Moment hätten sie schwören können, dass da etwas war.

Eine Präsenz.

Aber der Moment war zu kurz, als dass sie es bewusst hätten greifen können.

»Also gut. Drin wären wir erst mal. Wenn du ein übler Schurke wärst und einen hohen Gefangenen hättest, wo würdest du ihn unterbringen?«, fragte Daryen.

»Wenn ich damit rechnen müsste, dass er befreit werden könnte, würde ich ihn nicht im Verlies unterbringen, sondern in einem der oberen Räume. Aus einem Verlies gibt es immer Fluchtmöglichkeiten. Bei einem Turm, der an einem Abgrund steht, sieht die Sache schon ganz anders aus.«

Als er die leicht hochgezogene Augenbraue Daryens bemerkte, fügte er grinsend hinzu:

»Quell konnte uns diese Information sozusagen exklusiv liefern. Wir sollten uns beeilen. Es macht mich langsam nervös, dass meine Gabe hier nicht einwandfrei funktioniert. Ich mag keine unliebsamen Überraschungen.«

»Kannst du sagen, wo genau oben?«

»Leider nein, wir müssen ihn suchen.«

Noch während er das sagte, lief er zur Treppe.

»Warte doch!«

Wie zwei Schatten schlichen sie die Treppen hinauf.

»Da vorne sind Wachen. Also dürfte sich der Graf in diesem Zimmer befinden. Schalten wir die Soldaten aus, dann haben wir freie Bahn!«, sagte Daryen, als sie den Flur erreicht hatten. Sie liefen, sorgsam im Schatten bleibend, zum Ende des Ganges, und bevor die Wachen auch nur einen Mucks machen konnten, hatten die beiden sie schon ins Land der Träume geschickt.

»Schlaft schön und lange!«, grinste Kendel.

Die Rebellen zogen die Wachmänner in ein Zimmer. Sollten andere Soldaten vorbeikommen, würde es nicht so schnell auffallen, dass sich hier ungebetene Gäste aufhielten. Zumindest hofften sie das.

Daryen versuchte die Tür zu öffnen und rechnete schon damit, den Dietrich einsetzen zu müssen, doch zu seinem Erstaunen war sie unverschlossen. Es kam ihm merkwürdig vor, doch er sagte nichts. Vielleicht glaubte der Fürst, zwei Wachen vor der Tür seien ausreichend, um die Gefangenen an einer Flucht zu hindern. Vorsichtig betraten sie den Raum. An einem Tisch saßen ein vornehm aussehender Mann und eine Frau. Kendel erkannte in ihnen den Grafen und seine Gemahlin.

Der Graf sah genauso aus, wie er ihn Erinnerung hatte, wenn auch um einige Jahre älter. Sein ehemals braunes Haar zeigte nun die ersten Zeichen von Grau, und auch in seinem gestutzten Bart gab es graue Strähnen. Kendel hatte diesen Ziegenbart schon immer furchtbar affektiert gefunden, aber dem Grafen schien er zu gefallen. Um die schmalen Augen waren tiefe Falten zu sehen, er schien schon einige Nächte nicht geschlafen zu haben. Der Graf hatte eine untersetzte Figur und in den letzten Jahren noch um einiges zugenommen. Sein massiger Körper steckte in edler dunkelgrüner Samtkleidung, und in seiner Hand hielt er ein Seidentuch.

Seine Frau hatte sich hingegen gar nicht verändert. Sie sah keinen Tag älter aus als zu der Zeit, als sie Kammerzofe bei Gräfin Lian gewesen war. Gräfin Mia war immer noch so schlank und grazil wie eh und je. Ihr langes, blondes Haar war zu einer kunstvollen Frisur gesteckt, und anders als bei ihrem Mann gab es noch keine Spuren von Grau. In ihrem hübschen Gesicht funkelten dunkle Augen, die jedoch kalt und berechnend aussahen. Sie trug ein reich verziertes blaues Kleid und fächerte sich mit einem riesigen, mit Federn und Edelsteinen verzierten Fächer Luft zu. Kendel erkannte sie wieder, und sofort hatte er wieder dieses ungute Gefühl. Mit ihr stimmte definitiv etwas nicht.

Als die Türe geöffnet wurde, sprang der Graf auf und rief: »Wer seid ihr? Was wollt ihr von uns?«

»Graf Gerund, ich bin es, Kendel. Bitte nicht so laut«, flüsterte Kendel.

»Kendel, mein Junge, bist du es wirklich? Was machst du hier? Es ist gefährlich, weißt du denn nicht, dass auf deine Ergreifung ein enormes Kopfgeld ausgesetzt ist? Auf die deines Begleiters übrigens auch. Daryen, nicht wahr?«, sagte der Graf und blickte den blonden Magier an.

Der nickte zur Bestätigung.

»Keine Sorge, Graf Gerund. Wir sind hier, um Euch zu befreien«, sagte Kendel leise.

»Aber wie wollt ihr das schaffen? Die Ausgänge werden schwer bewacht.«

»Wir bringen Euch schon von hier weg. Los, erst mal raus hier!«, sagte Kendel und wandte sich zur Tür.

Er öffnete sie einen Spalt und lugte nach draußen.

»Wir müssen die Treppe am Ende des Ganges runter und dann durch die Halle. Von dort können wir die Burg verlassen. Aber wir sollten vorsichtig sein, falls Wachen dort auftauchen.«

»Das schaffe ich niemals!«, sagte Gräfin Mia mit Angst in der Stimme.

Daryen warf Kendel einen vielsagenden Blick zu. Der fluchte innerlich.

»Bitte, Gräfin. Wir haben nicht viele andere Optionen. Ihr werdet es schon schaffen.«

»Auf keinen Fall werde ich durch diese Halle rennen. Das ist viel zu gefährlich!«

»Ich weiß, wie wir unbemerkt die Burg verlassen können. Gleich dort vorne beginnt ein Geheimgang. Er führt durch die Kellergewölbe zu einem Pfad, der den Abhang hinunterführt. Der Weg ist kaum zu entdecken, wenn man nicht genau nachsieht. Auf ihm hat man uns auch hergebracht«, sagte der Graf.

Merkwürdig, dachte Kendel. Er war sich sicher gewesen, alle geheimen Zugänge und Wege auf dem Plan gesehen zu haben. Nun, offensichtlich nicht.

Daryen fragte leise: »Weißt du von diesem Geheimgang, Kendel?«

Der schüttelte leicht den Kopf.

»Komisch, aber vielleicht weiß nicht mal mehr der Erbauer der Burg, was es hier alles gibt«, raunte Daryen leise.

»Was ist jetzt? Bitte, ich will endlich von hier fort«, riss sie die Stimme des Grafen aus ihrem Grübeln.

»Könntet Ihr damit leben, Gräfin, wenn wir diesen Weg nehmen?«

Sie nickte, und Kendel seufzte erleichtert.

»Gut, Graf Gerund geht voran. Wir sind direkt hinter Euch«, sagte er, und sein Misstrauen verlor sich.

Sie schlichen aus dem Zimmer, und die Freunde überließen dem Grafen die Führung.

»Wohin jetzt?«

»Dort vorne ist es. Ich kann mich an dieses geschmacklose Bild erinnern.«

Er deutete auf ein in einiger Entfernung aufgehängtes Gemälde eines Schiffes, das sich durch eine sturmgepeitschte See kämpfte. Der Graf ging zu dem großen Gemälde und betätigte einen verborgenen Mechanismus. Eine Geheimtür schwang auf und gab den Blick auf einen Gang frei. Der beleibte Mann und seine Frau gingen hinein, und Daryen folgte ihnen. Kendel zögerte. Irgendetwas irritierte ihn. Er konnte nicht genau sagen, was es war, aber er spürte, dass etwas nicht mit rechten Dingen zuging.

»Kendel, wo bleibst du?«, riss ihn Daryens Stimme aus seinen Gedanken.

So betrat er ebenfalls den Gang und schloss zu den anderen auf. Der Gang war hoch genug, dass sie aufrecht gehen konnten. Sie stießen auf Stufen, die weit nach unten führten, und folgten ihnen. Nach einigen Minuten endete der Geheimgang in einem großen Raum. Es schien eine Art Lager zu sein, überall lagen Kisten und Säcke.

»Dort hinten gibt es eine Türe, die nach draußen führt. Kommt!«, sagte der Graf und deutete auf eine Wand.

Kendel nickte und ging vor, Daryen dicht hinter ihm. Der Graf und die Gräfin blieben nun zurück. Sie durchquerten den relativ großen Raum und suchten nach dem Ausgang, als die Tür des Geheimganges plötzlich hinter ihnen zufiel.

Jemand brüllte den scharfen Befehl: »Da sind die Rebellen! Ergreift sie, und nicht vergessen, wir brauchen sie lebend!«

Von allen Seiten tauchten plötzlich Soldaten auf und griffen die Freunde an. Sie waren hinter dem Gerümpel verborgen gewesen und kamen nun aus ihren Verstecken hervor.

»Hattest du nicht gesagt, es seien höchstens fünfzig Mann in der Burg stationiert?! Ich sehe mehr!«, fluchte Daryen und zog sein Schwert.

Er wehrte einen Angriff ab und suchte nach einem Fluchtweg.

»Vielleicht konnte unser Informant nicht zählen!« Auch Kendel hatte sein Schwert gezogen und versuchte den Weg zu einer Treppe nach oben freizukämpfen.

»Bleibt hinter uns, Graf!«, rief Kendel und wehrte einen weiteren Angriff ab.

»Oh, ich glaube, das wird nicht nötig sein«, lachte der und zog sich mit seiner Frau hinter die Soldaten zurück.

Kendel und Daryen bemerkten die Aktion erstaunt, während sie versuchten, sich die Angreifer vom Hals zu halten.

»Was ist denn in den Grafen gefahren? Ist er lebensmüde oder einfach nur wahnsinnig geworden?«, fragte Daryen.

»Ich habe keine Ahnung. Vielleicht steht er unter Schock?«

»Los, ihr Narren! Jetzt liefere ich euch diesen Abschaum schon auf dem Silbertablett, und ihr seid unfähig, sie festzusetzen!«, brüllte da der Graf ins Geschehen.

Kendel und Daryen glaubten ihren Ohren nicht zu trauen.

»Der Mistkerl hat uns verraten!«, zischte Kendel und beförderte einen Soldaten im hohen Bogen die Treppe hinunter.

»Reg dich später auf! Los, dort lang!«, rief ihm Daryen zu und zog seinen Freund mit sich, der schon fast auf dem Weg zum Grafen war, um ihm zu zeigen, was er von Verrat hielt.

Nur widerwillig ließ sich Kendel mitziehen, aber er sah ein, dass es für jetzt das Beste war. Dicht hinter ihnen folgten einige Soldaten. Sie hatten die Hoffnung, über die Treppe bis zu einer Tür zu kommen und dann zu verschwinden, doch plötzlich wurde diese Türe aufgestoßen, und weitere Soldaten kamen ihnen entgegen.

»Da geht's nicht weiter!«, fluchte der Magier.

Allmählich machte sich Panik in ihm breit. Kendel griff an den blauen Stein am Armschutz und ließ ein Seil aus Licht entstehen. Er benutzte es wie eine Peitsche und schlug nach einigen Männern, die ihnen zu nahe kamen. Die, die getroffen wurden, fingen unkontrolliert an zu zucken, bevor sie zu Staub zerfielen.

»Larasans Kreaturen! Jetzt aber nichts wie weg hier!«, sagte Kendel.

»Und wie? Diese Kerle kommen von allen Seiten!«, schimpfte Daryen.

Doch der schwarzhaarige Krieger hatte schon eine Fluchtmöglichkeit entdeckt. Die Tür, durch die sie gekommen waren, schien jetzt nahezu unbewacht, da alle Soldaten versuchten, zu ihnen zu kommen. Sie mussten es nur schaffen, an ihnen vorbeizukommen, um die andere Seite des Raumes zu erreichen. Kendel blickte sich um und fand, was er gesucht hatte. Er ließ das Seil vorschnellen. Wie er es geplant hatte, schlang es sich um einen Balken, der rechts von ihnen aus der Wand ragte.

Kendel rief Daryen zu: »Halt dich fest!«

Der verstand, was sein Freund vorhatte, und griff nach dem Seil. Dann sprangen sie die Treppe hinab und flogen auf die andere Seite des Raumes. Geschickt landeten sie, und Kendel ließ das Seil verschwinden.

Bevor die Soldaten begriffen, was passiert war, liefen die Rebellen durch die Tür des Geheimganges zurück ins Innere der Burg. Doch auch aus dieser Richtung kamen weitere Soldaten auf sie zu.

»Das sind zu viele. Ich denke, es wäre jetzt an der Zeit, deine Trickkiste zu öffnen«, sagte Kendel und beförderte einen weiteren Angreifer ins Nichts.

»Zwecklos. Meine Magie reicht da nicht aus.«

Kendel suchte verzweifelt nach einem Ausweg.

»Dafür reichen meine Kräfte auch nicht. Los, da lang!«, rief er Daryen zu.

Sie rannten durch eine Tür und landeten in einer Art Flur, von dem mehrere Gänge abzweigten. Von allen Seiten kamen Soldaten und Larasans Dämonenkrieger auf sie zu. Kendel wehrte die ersten ab.

»Wo kommen die alle her? Ist da ein Nest?«, fluchte er.

Daryen hatte schon einige Soldaten ins Jenseits geschickt und überlegte fieberhaft, was sie tun könnten.

»Kannst du dich gut genug an die Pläne erinnern, um mir sagen zu können, wo ein Ausgang ist?«

»Von hier kommen wir nicht hin, und durch die Burg schaffen wir es nie!«

»Und eine Außenwand? Kommen wir dorthin?«

»Was?!«, fragte Kendel irritiert und trat dabei einem Soldaten gegen den Kopf, der ihn versuchte zu packen.

»Versuch dich zu erinnern, wo ist eine Wand, die an der Außenseite liegt?«, drängte der Blonde.

Kendel rief sich die Pläne ins Gedächtnis und konzentrierte sich auf einen Fluchtweg.

»Wenn wir durch die dritte Türe rechts laufen, kommen wir in einen Bereich, der eine Außenwand hat«, sagte er und deutete in die Richtung.

Daryen nickte. »Dann nichts wie hin. Ich will etwas versuchen!«

Sie schlugen sich bis zu der Türe durch und erledigten die Soldaten, die sich im Raum befanden. Kendel schlug die Tür zu und schob den Riegel vor. Von außen hämmerten die Männer des Fürsten gegen das Holz und versuchten das Hindernis zu zerstören.

»Halt mir die Idioten noch eine Weile vom Hals. Ich glaube, ich weiß, wie wir hier wegkommen!«

»Ich werde es versuchen, aber lange werde ich sie nicht aufhalten können.«

Kaum hatte er die Worte ausgesprochen, als er auch schon das Holz splittern hörte. Für seinen ursprünglichen Plan blieb jetzt keine Zeit. Also Plan B. Er stellte sich zwischen Daryen und die Soldaten und wehrte die Angriffe ab, indem er mit seinen Kräften einen Schutzschirm um sich und seinen Freund legte. Die Soldaten prallten daran ab, aber jeder Kontakt kostete Kendel wertvolle Energie.

»Beeil dich, Daryen. Lange kann ich das nicht aufrecht

halten!«, keuchte Kendel, der schon fast am Ende seiner Kraft war.

Daryen griff nach seiner Magie und schleuderte eine gewaltige Energiekugel gegen die Mauer. Sie fraß sich ins Gestein, und ein Loch entstand, gerade groß genug, um jemanden durchzulassen.

»Los, weg hier!«, rief er Kendel zu.

Sie wehrten noch einige Soldaten ab und schlüpften dann durch die Mauer. Kendel drehte sich um und ließ ein Netz aus blauem Licht aus dem Edelstein entstehen, das sich vor den Durchgang legte.

»Das sollte sie aufhalten!«

Das hatte er auch vorher an der Tür versucht.

Die Männer des Fürsten stürzten hinter ihnen her, doch sie konnten das Netz nicht durchbrechen. Kendel hatte sich und Daryen damit eine kleine Atempause verschafft, die sie nutzten, um sich umzusehen. Viel Zeit blieb ihnen dafür nicht, denn das Seil würde nicht ewig halten.

Sie befanden sich jetzt auf dem inneren Wehrgang, der als zweite Verteidigungsmauer diente, sollte die erste fallen. Von hier konnte man über den Hof, der die Burg umgab, auf die Außenmauer gelangen. Dummerweise befanden sie sich an der Seite, die an den Klippen lag.

Daryen dachte an den Abgrund und sagte: »Dein Seil reicht nicht zufällig bis nach ganz unten, oder?«

»Das schon, aber ich kann es nicht so lange stabil halten, bis wir beide unten sind, fürchte ich.«

»Irgendwas ist ja immer. Na, dann eben den beschaulichen Weg. Los!«

Es blieb ihnen nichts anderes übrig, als den Burghof zu durchqueren, um durch das Tor zu fliehen. Auch hier waren Soldaten und einige Dämonenkrieger, doch die beiden schafften es bis zur Treppe, die nach unten in den Burghof führte. Von dort war es nicht mehr weit bis zum Tor. Doch weiter kamen sie gar nicht erst. Unversehens sauste das Torgitter herunter und versperrte ihnen den weiteren Fluchtweg.

»Verdammt!« Kendel schrie seine Wut heraus.

Bevor Daryen einen Zauber beschwören konnte, hatten die Soldaten sie auch schon eingekreist. Sie schafften es zwar abermals, einige auszuschalten, doch die Übermacht war zu groß, und schließlich gewannen die Soldaten die Oberhand. Kendel und Daryen spürten Schwertklingen an ihrer Kehle und hielten inne.

Einer der Soldaten trat hervor.

»Ergebt euch im Namen des Lords der Finsternis! Legt eure Waffen nieder!«

»Was machen wir jetzt?«, wollte Daryen wissen und versuchte seinen Hals von der Klinge fernzuhalten.

Kendel verschaffte sich einen Überblick über ihre Situation. Es sah nicht gut aus für sie. Der ganze Hof wimmelte von Soldaten und Dämonenkriegern. Zu viele, um einen Fluchtversuch zu starten. So ungern er es sich selbst eingestand, Aufgeben war für jetzt die beste Lösung.

Zumindest vorerst.

Kendel warf sein Schwert hin und sagte: »Schon gut, hier habt ihr sie!«

»Bist du total übergeschnappt? Seit wann ergeben wir uns so schnell? Hab ich da irgendwas nicht mitbekommen?«, zischte der Magier seinem Freund zu.

»Vertrau mir, Daryen. Es ist fürs Erste die beste Lösung«, flüsterte Kendel.

Daryen ließ sein Schwert widerwillig fallen.

Er vertraute Kendel blind und ahnte, dass sein Freund schon einen Plan in der Hinterhand hatte.

»Ergreift sie, und legt ihnen Handschellen an!« Der Mann, der das Kommando hatte, dem Rangabzeichen nach ein Oberst, gab einigen seiner Leute ein Zeichen.

Sie ergriffen Kendel und Daryen und fesselten ihnen die Hände auf den Rücken. Man durchsuchte sie nach weiteren Waffen und nahm ihnen die Gurte mit den Wurfdolchen ab. Schließlich entfernten die Soldaten noch die Armschienen.

»Passt bloß gut darauf auf, ich will nicht, dass sie beschädigt sind, wenn ich sie mir wiederhole!«, drohte Kendel.

Die Soldaten lachten nur, und Kendel kochte vor Wut.

»Ich denke nicht, dass du sie noch mal brauchen wirst. Im Dunklen Reich gibt es keine Waffen«, sagte der Oberst.

Kendel sah ihm mit eisigem Blick ins Gesicht.

»Kenne ich Euch nicht? Ihr seid doch Baron Kyloth. Hätte ich mir denken können, dass ein so ehrloser Kerl dem Fürsten nachlaufen wird«, schnaubte er verächtlich.

Der Baron schlug seinem Gefangenen ins Gesicht und schrie: »Wie kannst du es wagen, so mit mir zu reden? Die Zeiten, in denen du dein überhebliches Getue an den Tag legen konntest, sind schon lange vorbei, Kendel. Jetzt hast du nach meiner Pfeife zu tanzen!«

Der schwarzhaarige Krieger fuhr mit seiner Zunge über die aufgeplatzte Lippe und leckte das Blut ab.

»Was für ein mutiger Mann Ihr doch seid, Baron! Ihr habt Euch nicht geändert! Immer noch der erbärmliche, kleine Wicht von früher«, sagte Kendel spöttisch.

Baron Kyloth lief rot an, und die Ader an seinem Hals fing an zu pochen.

»Ich werde dich grün und blau prügeln, wie einen räudigen Hund, elender Rebellenabschaum!«, schrie er wütend, und Speichel flog dabei aus seinem Mund.

Der Oberst riss einem Soldaten eine Reitpeitsche vom Gürtel und holte zum Schlag aus. Kendel sah ihm unbeeindruckt in die Augen und machte keine Anstalten, sich von den Schlägen abzuwenden.

»Oberst Kyloth, die Gefangenen sollen umgehend in den Kerker gebracht werden!«, donnerte da eine tiefe Stimme über den Hof.

Daryen und Kendel sahen Kommandant Seth am oberen Ende der Treppe stehen.

Er war ein hochgewachsener, muskulöser Mann mit langen, schwarzen Haaren, die er in einem geflochtenen Zopf trug. Seine stechenden, dunklen Augen fixierten den Oberst und verhießen nichts Gutes. Seth trug die Uniform der Drachengarde, und ein langer Umhang fiel ihm über die breiten Schultern. Er war die rechte Hand des Fürsten und begleitete Larasan bei ihren Aufträgen. Der Kommandant war dem Fürsten und seiner Tochter treu ergeben und ein Albtraum für seine Gegner auf jedem Schlachtfeld. Kyloth wurde bleich wie ein Laken und nickte: »Zu Befehl, Kommandant!«

Er brüllte: »Bringt sie weg! Man wird sich später mit ihnen befassen.«

Die Anführer des Widerstandes wurden gepackt und weggezerrt.

Kapitel 13

Man brachte Kendel und Daryen in die Kerkerräume, wo sie schon von dem Kerkermeister erwartet wurden, einem bulligen Riesen mit schäbiger Lederkleidung. Seine langen, zotteligen Haare waren strähnig und verfilzt, und in seinem Mund konnte man faulige Zähne sehen.

Den Posten hatte er wohl nicht wegen seiner besonderen Intelligenz, sondern eher wegen seines brutalen Wesens bekommen.

»Ihr habt neue Gäste, Meister Girn. Passt gut auf die beiden auf! Sie bekommen auch eine besondere Zelle«, sagte der Oberst gehässig.

Meister Girn packte Kendel und zog ihn weiter in den Kerker hinein, während Daryen einen Stoß von einem Soldaten bekam und weiterging.

»Finger weg!«, fauchte Kendel, was den Folterknecht aber nicht sonderlich beeindruckte.

»Los, rein da!«, brüllte Girn und stieß erst Kendel und dann Daryen in eine Zelle.

Mit einem lauten Krachen schlug er die Zellentür zu und schloss ab.

»Willkommen in eurer neuen Bleibe, meine Süßen!«, lachte er und schaute die beiden mit einem nichts Gutes verheißenden Blick an.

Kommandant Seth war den Männern in den Kerker gefolgt.

»Denkt daran, Meister Girn, den beiden darf nichts passieren. Das ist ein direkter Befehl von unserer Herrin!«, schärfte er dem Kerkermeister noch einmal ein.

»Natürlich, Herr!«, sagte Meister Girn unterwürfig, wenn auch etwas enttäuscht.

Die Soldaten verließen den Kerker. Als sie oben angekommen waren, schlug Seth Baron Kyloth mit der Faust ins Gesicht. Der flog durch die Wucht nach hinten und blieb wimmernd auf dem Boden liegen.

»Ich sollte Euch Girn überlassen! Ihr kennt die Befehle der Herrin. Den beiden darf kein Leid zugefügt werden, und Ihr schlagt einen von ihnen!«, sagte der Kommandant bedrohlich leise.

»Verzeiht, Herr, aber er hat mich provoziert. Ich bin ein Oberst des Fürsten, und kein Rebell darf so mit mir reden!«

»Ihr seid ein Schwachkopf!«

Seth gab den Soldaten ein Zeichen, worauf sie den Baron ergriffen.

»Der Baron wird hiermit wegen Hochverrats zum Tode verurteilt. Schmeißt ihn die Klippen runter!«

»Was? Nein, bitte Gnade, Herr!«, jammerte der Baron.

Doch Seth gab den Soldaten den Befehl zum Wegtreten, und die schleiften den jammernden Mann mit sich fort. Kurz darauf konnte man einen lauten Schrei hören, als die Soldaten den Unglücklichen in den Abgrund stürzten. Doch davon bekamen die Rebellen nichts mit. Der Kerkermeister war im Verlies zurückgeblieben und sagte: »Ihr werdet schön artig sein, sonst muss ich euch wehtun.«

Er lachte und ging durch eine Tür in den angrenzenden Trakt.

Daryen schaute ihm hinterher und sagte: »Was ist das doch für ein charmantes Kerlchen.«

Dann wandte er sich an Kendel und fragte: »Dürfte ich

vielleicht mal erfahren, was das Ganze sollte! Du gibst doch sonst nicht so schnell auf. Im Gegenteil, normalerweise muss man dich schon bewusstlos schlagen, bevor du erledigt bist! Und was war das mit dir und diesem Oberst, wie hieß er noch? Kyloth?«

Kendel war zur Zellentür gegangen und spähte hinaus. Es war niemand zu sehen. Die restlichen Zellen waren leer, somit gab es auch keine ungebetenen Zeugen für das, was Kendel plante.

Sie befanden sich in einem gewöhnlichen Kerker. Nichts Besonderes, nur ein Kerker, wie man ihn in jeder Burg finden kann. Er war dunkel und feucht und alles andere als warm. An den Wänden hatte sich eine schmierige grüne Algenflechte ausgebreitet, und von der Decke tropfte es an mehreren Stellen. Es gab nur ein paar Fackeln an den Wänden, die ein wenig Licht spendeten. In ihrer Zelle gab es drei einfache Pritschen, was schon einem Luxus gleichkam. Eine kleine vergitterte Öffnung nach draußen befand sich etwa zwei Meter über dem Boden. Von dort kam wenigstens etwas frische Luft in den muffigen Raum.

Ansonsten war die Zelle leer. In einer Ecke lagen ihre Taschen. Anscheinend hatten die Soldaten des Grafen sich die Mühe gemacht, die Umgebung abzusuchen, und waren dabei wohl auf die Ausrüstung der Rebellen gestoßen.

Kendel gab sich gar nicht erst die Mühe hineinzusehen. Alles Brauchbare würde sowieso entfernt worden sein. Allerdings bedauerte er, dass sie ihre Umhänge nicht mitgenommen hatten. Dann würden sie sich wenigstens nicht vor Kälte den Tod hier unten holen.

Nachdem Kendel sich sicher war, dass sie alleine waren,

setzte er seinen Plan in die Tat um. Er wandte sich von der Türe ab und ging zu Daryen.

»Es waren, wie du selber festgestellt hast, zu viele. Sowohl deine als auch meine Kräfte hätten nicht gereicht. Deshalb war es sinnvoll, erst einmal zu kapitulieren. Nun können wir in aller Ruhe die Fesseln lösen, diese dämliche Türe öffnen und verschwinden. Und was diesen Schleimer angeht: Ich kenne ihn von früher. Ein verweichlichter, aufgeblasener Feigling.«

Daryen schüttelte den Kopf. »Er scheint dich ja richtig ins Herz geschlossen zu haben. Mann, ich dachte, der erschlägt dich!«

»Dieser Feigling ist nur so mutig, solange er glaubt, dass sein Gegner sich nicht wehren kann. Ich hasse solche Typen!«

»Ist mir gar nicht aufgefallen!«

Da zerriss ein fürchterlicher Schrei die Stille. Es hörte sich an, als ob jemand in den Abgrund gestürzt war, und Kendel meinte, die Stimme des Barons erkannt zu haben. Das ließ seinen Zorn augenblicklich verfliegen.

»Ich denke mal, dass wir den Baron heute zum letzten Mal gesehen haben. Armer Kerl. Er war vielleicht ein Feigling, aber so einen Tod hat er nicht verdient.«

Daryen schüttelte den Kopf.

»Was ist da oben passiert?«

Kendel zuckte mit den Schultern.

»Keine Ahnung! Aber ehrlich gesagt, mache ich mir im Moment mehr Sorgen um uns als um den verblichenen Baron!«

»Was ist jetzt mit deinem tollen Plan?«, fragte Daryen. »Brauchst du noch lange?«

»Hör auf zu meckern, und dreh dich um!«

Daryen drehte ihm den Rücken zu, und Kendel konzentrierte sich auf das Schloss. Der Mechanismus klickte, und die Fesseln fielen ab. Dann öffnete er die Schellen seines eigenen Armschmucks.

»Autsch! Oh, wie ich das hasse!«, stöhnte Kendel und verzog das Gesicht, als das Blut in seinen Händen wieder ungehindert zirkulieren konnte.

»Gab es die nicht auch eine Nummer größer?« Er beförderte die Handschellen mit einem Tritt in eine Ecke.

»Man sollte meinen, du hättest dich langsam daran gewöhnt. Ich meine, wie oft saßen wir in letzter Zeit in der Patsche? Wir steuern auf einen neuen Rekord zu«, meinte Daryen, aber auch er massierte seine Handgelenke.

»Es gibt Dinge, an die ich mich nie gewöhnen werde. Geschlossene Zellentüren, wenn ich in der Zelle sitze, gehören zum Beispiel dazu. Also werde ich jetzt etwas dagegen unternehmen.«

Kendel konzentrierte sich auf das Schloss, aber nichts passierte.

»Verdammt, das gibt es doch nicht! Das Mistding rührt sich keinen Millimeter. Anscheinend habe ich meine Gabe schon zu sehr eingesetzt.«

»Dann eben auf die traditionelle Weise«, meinte er und wollte aus alter Gewohnheit den dünnen Metalldraht aus seinem Armschutz nehmen, um damit das Schloss zu öffnen.

Doch da fiel ihm auf, dass man ihnen die Armschienen ja abgenommen hatte.

»Äh, ich fürchte, wir haben ein kleines Problem.«

Daryen schüttelte grinsend den Kopf und griff an seinen Gürtel. Er zog einen Metalldraht hervor und reichte ihn Kendel.

»Vielleicht kannst du ja damit etwas anfangen?«

»Verbindlichsten Dank!«, sagte Kendel und nahm den Dietrich, den Daryen ihm gegeben hatte. »Seit wann hast du denn auch in deinem Gürtel einen Dietrich versteckt?«

»Oh, seit unserem Ausflug zu den Menschenjägern. Ich dachte mir, es kann nicht schaden, noch einen in Reserve zu haben. Aus irgendeinem Grund nimmt man uns die Armschienen ja immer ab«, sagte der Magier leise lachend.

»Sehr umsichtig von dir!«, grinste Kendel und wandte sich wieder dem Türschloss zu.

Als er den dünnen Metalldraht ins Schloss steckte, blitzte es grell auf, und Kendel wurde zurückgeschleudert. Er prallte hart gegen die Wand und blieb benommen liegen.

»Kendel, alles in Ordnung?«

Daryen war sofort bei ihm und half ihm aufzustehen.

»Sag ich dir, sobald ich meine Knochen sortiert habe. Was zum Teufel war das?«, keuchte Kendel.

»Ein Bann, der jede Manipulation am Schloss verhindern soll. Wie, hast du ja gerade selbst gemerkt.«

Kendel wollte den Metalldraht aufheben, doch der zerfiel in seinen Fingern zu weißem Staub.

»Na großartig, der Draht ist nun vollkommen nutzlos.«

»Du kannst hier sowieso nichts damit anfangen. Anscheinend hat Larasan sich daran erinnert, dass wir Schlösser knacken können«, meinte Daryen.

»Kannst du nicht einen Zauber anwenden?«, wollte Kendel wissen, während er versuchte, die Finger seiner rechten Hand zu bewegen.

Der Schlag war ziemlich heftig gewesen, und seine Finger waren immer noch taub.

Daryen zuckte mit den Schultern.

»Ich kann es versuchen!«

Er schloss die Augen und griff nach seiner Magie, formte den Zauber und gab ihn schließlich frei. Die Magie richtete sich gegen den Bannzauber, und es kam zu einer Reaktion, wenn auch einer anderen als erhofft. Das blaue Leuchten seines magischen Spruchs wurde plötzlich schwarz und richtete sich gegen ihn. Sein Körper spannte sich, als er von der Magie getroffen wurde, und er musste seine gesamte Energie aufbringen, um gegen den Zauber anzukommen.

Kendel starrte mit Entsetzen auf seinen Freund, der von dem schwarzen Licht umschlossen wurde. Daryens Gesicht war schmerzverzerrt, und Kendel musste hilflos mit ansehen, wie er gegen den Zauber ankämpfte. Plötzlich verschwand das schwarze Leuchten, und der junge Magier sank erschöpft auf die Knie.

»Der Spruch ist zu stark. Ich komme nicht dagegen an. Solltest du noch einen Plan B im Ärmel haben, wäre es an der Zeit, ihn zu verraten«, brachte er mühsam hervor.

»Ich arbeite daran.«

»Arbeite schnell, denn so wie es aussieht, haben wir es mit keinem leichten Gegner zu tun. Er verfügt über eine unglaublich starke Magie. Das könnte noch sehr unangenehm für uns werden!«

»Du verstehst es wirklich, einem Mut zu machen!«, stöhnte Kendel.

»Jetzt wissen wir, warum sie diesen Ort ausgesucht haben«, sagte Daryen, der sich langsam wieder erholte.

»Was meinst du?«

»Wie ich schon sagte, hier gibt es alte Magie. Sie stärkt die Kräfte unserer Gegner.«

»Und warum stärkt sie deine Gabe nicht?«

»Sie ist eine Quelle ursprünglicher und, soweit ich es beurteilen kann, schwarzer Magie. Ich kann sie nicht nutzen, dafür bin ich nicht stark genug. Es würde mich auf der Stelle in Stücke reißen, sollte ich versuchen, sie anzuzapfen. Unserem Gegner scheint sie hingegen leider schon zu dienen«, seufzte Daryen.

»Wahrscheinlich haben sie auch dank dieser Quelle deine Fähigkeiten manipuliert«, vermutete er weiter.

»Da sie mich nur das haben sehen lassen, was sie wollten?«

Daryen nickte und fuhr fort:

»Es war die ganze Zeit schon so merkwürdig. Die ganze Geschichte schreit nach Falle, aber wir tappen trotzdem rein. Die unverschlossene Tür, als wir beim Grafen waren, der Geheimgang, eine Karte, auf der alles verzeichnet ist, ein Schlüssel, soll ich weitermachen? Was war da los mit uns? Vieles, was da vorhin passiert ist, hätte bei uns alle Alarmglocken schlagen lassen müssen. Wir sind wie Anfänger in die Falle gelaufen!«

»Ich hätte die Gedanken dieses Verräters lesen sollen, dann hätten wir uns einfach aus dem Staub gemacht!«, sagte Kendel düster und ballte seine rechte Hand zur Faust.

»Kendel, du wusstest nicht, dass er ein Verräter ist. Und jemand hat dafür gesorgt, dass du es auch nicht in Erwägung gezogen hast.«

Daryen versuchte, seinen Freund zu beruhigen, da er ahnte, welche Vorwürfe er sich gerade machte. Doch die waren völlig unbegründet. Kendel nutzte seine Gabe niemals, um seine Freunde auszuhorchen, dafür achtete er die Privatsphäre anderer viel zu sehr.

»Hoffen wir mal, dass wir hier schnell rauskommen. Jemand, der es schafft, eine Quelle ursprünglicher Magie zu nutzen, ist kein Anfänger. Er muss sehr mächtig sein, und mit sehr mächtig meine ich ein Kaliber von der Stärke des Fürsten oder seiner Magier. Und außerdem möchte ich meine Bekanntschaft mit Meister Girn nicht weiter vertiefen.«

»Ja, darauf kann ich auch gut verzichten«, stimmte Kendel zu.

Plötzlich konnte man von der Treppe, die nach oben führte, ein Geräusch hören. Die Türe wurde geöffnet, und jemand kam die steinernen Stufen herunter. Kendel und Daryen erblickten den Grafen, der sie mit einem höhnischen Lächeln betrachtete.

»Was wollt Ihr hier!«, zischte Kendel.

»Na, na, na, wer wird denn gleich so ausfallend werden? Wo sind deine guten Manieren, Kendel?«, lachte der Graf. »Wo ich dir doch eine so nette Einladung geschickt habe.«

»Was meint ihr damit?«

»Wer, glaubst du, hat eurem Spion die Informationen zugespielt? Diese ganze herzzerreißende Geschichte meiner bevorstehenden Hinrichtung, die Karte, die mit einem kleinen Zauber versehen war. Und immerhin war ich so freundlich, euch den Schlüssel finden zu lassen. Hauptmann Trak hat seine Zeit im Bordell sehr genossen und euren kleinen Spionen die Informationen gerne zukommen lassen. Was Gorik angeht: Er hat die Chance gierig genutzt, seinen Hals zu retten, indem er sich die Sachen stehlen lässt. Und warum hat er wohl ein so wertvolles Schmuckstück getragen? Du weißt, wovon ich rede, nicht wahr, Kendel?«

Kendel schnaubte: »Das Mertylamulett? Also hattet ihr die ganze Zeit geplant, uns hierherzulocken?«

»Genial, nicht wahr.«

»Aber wieso wart ihr euch so sicher, dass Daryen und ich Euch retten würden?«

Der Graf grinste nur und meinte: »Frag doch den Magier. Ist dir nichts aufgefallen, als ihr die Informationen bekamt?«

Er sah Daryen durchdringend an, und dem fiel es plötzlich wie Schuppen von den Augen.

»Das war es also!«, meinte Daryen. Als er Kendels fragenden Gesichtsausdruck bemerkte, fuhr er fort: »Die Karte war mit einem Befehlszauber versehen. Jeder, der sie in der Hand hat, kann nicht anders, als einem vorgegebenen Ziel zu folgen. Quell musste uns die Karte geben, und wir mussten einfach zur Burg kommen, stimmt's? Ich habe einen Zauber gespürt, als ich die Karte in die Hand nahm, aber konnte es nicht verhindern, davon verhext zu werden. Genauso die ganzen anderen kleinen Tricks, die uns Sicherheit vorgegaukelt haben. Und ich wette, der Schlüssel hat den Alarm nicht ausgeschaltet, sondern unser Erscheinen angekündigt.«

»Sehr gut erkannt, nur leider zu spät!«, lachte der Graf.

In einem Raum in der Burg hatte der Graf zuvor mit einigen ranghohen Soldaten gesessen und die Umgebung durch einen Spiegel beobachtet, der mit Larasans Magie verhext war. So konnten sie sehen, wie sich Kendel und Daryen der Geheimtür näherten und mit dem Stein den vermeintlichen Alarm ausschalteten. Dadurch wurden alle Soldaten mit einem Signal in Alarmbereitschaft versetzt und bezogen ihre Posten.

»Die Rebellen sind also endlich da. Hauptmann, Ihr wisst, was Ihr zu tun habt. Wenn ich sie durch den Geheimgang geführt habe, ergreift sie.«

»Wir werden bereit sein.«

Der Graf stand auf und verließ den Raum, um sich zu seiner Gemahlin zu begeben.

Die Falle war bereit – die beiden jungen Männer mussten nur noch hineintappen.

»Ihr seid ein mieser Verräter, Graf. Was hat man Euch dafür geboten?«

»Ganz wie der Vater. Er wusste auch nicht, wann es Zeit war, den Mund zu halten.«

»Was soll das heißen?«, fragte Kendel bedrohlich leise.

»Nun, ich hatte ihn damals höflich darum gebeten, dem Fürsten der Finsternis zu Diensten zu sein. Er lehnte ab, der Narr. Tragisch, wie er und die gute Araki zu Tode gekommen sind! Aber Unfälle passieren eben, nicht wahr. Ich denke da an die gute Lian.«

Kendel holte tief Luft.

»Ihr! Ihr habt sie auf dem Gewissen!«, schrie er.

»Auf dem Gewissen. Dazu müsste ich erst einmal eins haben. Aber wenn du damit sagen willst, dass ich sie getötet habe, dann hast du recht«, lachte er.

»Sie waren Eure Freunde! Lian war Eure Frau!«, brachte Kendel fassungslos hervor.

»Dein Vater stand mir im Weg! So einfach ist das. Wir brauchten sein Land und seine Festung als Stützpunkt. Er selbst hat sein Schicksal und das seiner Familie gewählt. Zu schade, dass du und deine Schwester damals nicht auch dort wart. Es hätte uns viel Arbeit erspart. Keren hätte das Schicksal eurer lieben Eltern geteilt. Was dich angeht, du hättest mit Sicherheit einen stolzen Preis erzielt. Mit deinen besonderen Fähigkeiten hätte man dich gut an eine Arena verkaufen können.«

»Und warum das ganze Theater jetzt?«, fragte Kendel mit zusammengebissenen Zähnen. Er war so wütend, dass es ihm fast die Luft zum Atmen abschnürte.

»Der Fürst hat ein enormes Interesse an euch und euren Kräften«, antwortete der Graf. »Es scheint fast so, als wollte er dich und deinen Freund aus einem bestimmten Grund in seine Gewalt bekommen. Als er von der Verbindung zwischen unseren Familien erfuhr, schmiedeten wir diesen Plan, um euch in die Falle zu locken.« Seine Gedanken schweiften zurück ...

Der Graf schaute auf die große hölzerne Tür vor ihm. Ihm war ein wenig mulmig zumute, denn schließlich wurde man nicht oft vor den Herrscher der Finsternis zitiert und konnte anschließend darüber berichten.

Da wurden die schweren Flügeltüren auch schon geöffnet, und eine donnernde Stimme rief: »Tretet ein, Graf von Gerund!«

Mit langsamen Schritten betrat der Graf den Thronsaal und ging bis zum Thron seines Herren. Dort fiel er auf die Knie und senkte den Kopf.

»Mein Fürst, Ihr habt nach mir befohlen?«, sagte er in unterwürfigem Ton.

»Ich habe erfahren, dass Ihr die Familie dieses Rebellenabschaums Kendel kennt. Entspricht das der Wahrheit?«, fragte der Fürst ohne Umschweife.

Der Graf brach in Angstschweiß aus.

»Ja, mein Fürst, aber ich habe nichts mehr mit ihm zu tun. Ich habe ihn schon seit Jahren nicht mehr gesehen«, stotterte der Graf ängstlich.

Der Fürst brachte den stotternden Mann mit einer unwirschen Handbewegung zum Schweigen.

»Würde Kendel Euch noch vertrauen?«

Der Graf war verwirrt, doch er nickte und antwortete: »Ich denke schon, Herr. Er hat keine Ahnung, dass ich hinter dem Unfall seiner Eltern stecke, und auch von meiner Verbindung zu Euch ahnt er nichts.«

»Gut! Ihr werdet mir helfen, ihn und seinen Freund in eine Falle zu locken.«

»Mein Fürst?«

»Wir werden das Gerücht in Umlauf bringen, dass Ihr und Eure Frau hier auf Burg Kardia festgehalten werdet und Eure Hinrichtung bevorsteht. Er würde doch mit Sicherheit nicht zulassen, dass ein guter Freund der Familie den Tod findet, wenn er es hätte verhindern können, nicht wahr?«

»Ich denke nicht, es entspricht nicht seinem Charakter.«

»Einige meiner Spione werden den Informanten der Schwarzen Maske entsprechende Hinweise liefern und auch dafür sorgen, dass sie eine verzauberte Karte finden werden. Jeder, der dieses Schriftstück berührt, wird einen Befehl bekommen, dem er sich nicht widersetzen kann. So werden die beiden Anführer auf jeden Fall hierherkommen.«

»Und dann?«

»Werdet Ihr sie in Sicherheit wiegen und dafür sorgen, dass sie direkt in die Kellergewölbe gehen werden. Dort werden meine Soldaten sie gebührend in Empfang nehmen. Die Rebellen werden es nicht schaffen, von dort zu fliehen, und wir können sie gefangen nehmen.«

»Wie Ihr befehlt, mein Fürst.«

»Solltet Ihr erfolgreich sein, werdet Ihr den Titel und die Ländereien der Kagamis erhalten. Wenn nicht, wird aus dem Gerücht über Eure bevorstehende Hinrichtung ein Tatsachenbericht. Haben wir uns verstanden?«

»Aber was ist, wenn Kendel in meinen Gedanken den Plan sieht?«

»Ah ja, er kann ja Gedanken lesen. Nun, macht Euch darüber keine Sorgen. Ich werde Euch und Eurer Gemahlin ein Amulett geben, das verhindern wird, dass er in Euren Geist eindringen kann. Beunruhigt Euch sonst noch was?«, fragte der Fürst spöttisch.

Der Graf schluckte und sagte mit zitternder Stimme: »Nein, mein Fürst. Ich werde Euch nicht enttäuschen.«

»Davon bin ich überzeugt!«, lachte der Fürst böse und bedeutete dem Grafen zu gehen.

Der verließ fast fluchtartig den Thronsaal. In den nächsten Tagen liefen die Vorbereitungen für die Umsetzung des Plans auf Hochtouren. Und endlich wurden seine Bemühungen von Erfolg gekrönt.

»Und was Lian angeht ...«, fuhr der Graf gegenüber dem empörten Kendel fort. »Ich war ihrer einfach überdrüssig. Ihre Gutmütigkeit ging mir auf die Nerven. Außerdem wollte ich Mia heiraten, aber eine Trennung hätte mich gesellschaftlich und finanziell ruiniert. Du siehst, die gute Lian musste verschwinden!«

Kendel ballte die Hände zu Fäusten und lächelte.

Der Graf war irritiert.

»Ich schwöre Euch, Graf Gerund von Okamari, dass Ihr und Eure Gemahlin für den Verrat an meiner Familie bezahlen werdet. Ihr werdet durch die Hand eines Kagamis sterben.«

»Ich bezweifle, dass du dazu noch in der Lage sein wirst.«

»Abwarten! Ihr wisst, dass wir Kagamis unsere Versprechen zu halten pflegen.«

»Nichts als leere Drohungen! Bald werdet ihr ganz andere Sorgen haben als einem Versprechen hinterherzurennen, das sowieso nie erfüllt werden wird. Du wirst schon sehen, wohin dein alberner Gerechtigkeitssinn dich bringen wird. Der Fürst ist unbesiegbar. Du bist genauso ein Narr wie dein Vater. Ich werde jetzt in mein neues Fürstentum reisen und mein Leben genießen.«

Als ob er Kendel weiter demütigen wollte, sagte der Graf: »Oh, der Fürst war sehr großzügig. Er gab mir das Land und den Titel der Kagamis als kleine Anerkennung für meine treuen Dienste.«

Kendel warf ihm einen eisigen Blick zu.

»Glaubt mir, Graf. Ihr werdet nicht lange Freude an Eurem neuen Besitztum haben.«

»Und wer sollte mich daran hindern? Du? Der Fürst wird sich bald um euch beide kümmern.«

»Abwarten. Ihr werdet sehen, die Rache der Kagamis wird Euch vernichten!«

Daryen blickte seinen Freund an und bekam einen Kendel zu sehen, den er nicht erkannte. Seine Haltung war stolz, und auf seinem Gesicht lag ein harter Ausdruck. Die Augen strahlten eine unheimliche Kälte aus und schienen dunkler zu sein. Er wirkte nicht mehr wie ein liebenswerter, netter Kerl, sondern wie ein todbringender Krieger.

Daryen hatte das Gefühl, dass hier eine dunkle Seite von Kendel an die Oberfläche kam, die sein Freund sonst tief in seinem Inneren verschloss. Denn obwohl er ein Hitzkopf sein konnte und ihn bei Ungerechtigkeiten auch manchmal die Wut packte, hatte er doch nie sonst eine solche Kälte und Härte ausgestrahlt.

Der Graf drehte sich um und verließ eilig den Kerker.

Die Worte Kendels hatten ihn aus der Fassung gebracht, und dieser Blick war wie ein Todesversprechen gewesen.

Eiskalt und unbarmherzig.

Kendel sank auf die Knie und atmete schwer.

»Alles in Ordnung mit dir?«, fragte Daryen sanft.

»Er hat sie getötet, Daryen. Er war ihr Freund und hat sie einfach umgebracht. Er hätte Keren etwas angetan und mich an irgendeine Arena verkauft.«

»Er wird dafür bezahlen!«

Kendel nickte und versuchte, seine Gefühle wieder unter Kontrolle zu bringen. Daryen konnte sehen, wie sein Freund langsam wieder der Alte wurde und die Dunkelheit aus seinen Augen verschwand.

»Was ist damals passiert? Du hast nie darüber gesprochen«, fragte Daryen und setzte sich auf eine der Pritschen.

Kendel war wieder aufgestanden und ließ sich neben Daryen nieder. Er schloss kurz die Augen und begann zu erzählen.

»Keren und ich hatten bereits unsere Ausbildung angetreten. Sie wollte unbedingt dem Orden der Großen Göttin beitreten, und ich versuchte, den Dienst am Hof des Hochkönigs hinter mich zu bringen.«

»Hätte Keren als die Ältere nicht an den Hof gehen müssen, um als Nachfolgerin deines Vaters eingesetzt zu werden?«, fragte Daryen erstaunt.

»In unserem Fall war es egal, da wir beide das Amt unseres Vaters hätten übernehmen können. Es geht ja nur darum, dass einer der Erben am Hof eingeführt wird. Irgendwie müssen die ja ihre Intrigen und Heiratsvermittlungen durchspielen. Eigentlich wollten wir beide nicht dahin. Unser Vater meinte, wir sollten es unter uns ausmachen, wer geht. Also haben wir eine Münze geworfen. Was soll ich sagen, sie hat gewonnen«, seufzte Kendel.

»Etwa mit ihrer Spezialmünze?«, lachte Daryen leise und erinnerte sich an die Münze, die ihm Keren mal gezeigt hatte.

Das gute Stück fiel immer auf die Seite, die Keren vorher ausgesucht hatte – ein kleiner Zauber machte es möglich.

»Zu meiner Verteidigung, ich wusste da noch nicht, dass es eine Spezialmünze ist«, knurrte Kendel. »Sie hatte sie bis dahin noch nie eingesetzt. Wahrscheinlich hatte sie es die ganze Zeit geplant und ihren Glücksbringer bis dahin geheim gehalten.«

»Was geschah dann?«

»Ich war bereits drei Jahre am Hof. Zu der Zeit wurde der Fürst immer mächtiger. In den Gebieten des Ostens, wo ich war, hatten wir nur Gerüchte darüber gehört. Dann brachte man uns die Nachricht vom Tode unserer Eltern. Angeblich sind sie bei einem Unfall mit der Kutsche ums Leben gekommen. Eine Lüge, wie ich jetzt weiß. Als Keren und ich nach Hause kamen, um unseren Eltern die letzte Ehre zu erweisen, wie es die Tradition verlangt, wurden wir schon von den Krähen erwartet. Man hatte die ganze Familie wohl nach dem Tod unserer Eltern für vogelfrei erklärt und unsere Besitztümer unter die Verwaltung eines Handlangers des Fürsten gestellt. Wie ich schon sagte, war auf die Ergreifung von Keren und mir ein Kopfgeld ausgesetzt worden. Da war uns klar, dass an den Gerüchten wohl mehr dran war, als uns lieb sein konnte. Nur mit der Hilfe einiger treuer Bediensteter konnten wir fliehen. Keren kam im Orden unter. Ich wollte mich ebenfalls auf den Weg zurück machen, doch dann erfuhr ich, dass auch die Stadt des Hochkönigs gefallen und in den Händen des Fürsten war. Somit schied für mich eine Rückkehr aus. Ich suchte nach Gegenden, die noch nicht an den Fürsten gefallen waren. Mit wenig Erfolg. Also versteckte ich mich in den nahe gelegenen Bergen. Hin und wieder schlich ich mich unbemerkt in die Stadt, um mir das Nötigste zu besorgen und mir hier und da mit einfachen Arbeiten etwas Geld zu verdienen. In Glendal gab es keine Steckbriefe von mir, und niemand kannte mich. Trotzdem versuchte ich, möglichst selten in Kontakt mit anderen Menschen zu treten. Man weiß ja nie, für wen sie arbeiten. Irgendwann erfuhr ich dann von einer Rebellentruppe, die in den Wäldern nahe der Stadt Glendal operierte. Ich beschloss, mich ihnen anzuschließen. Den Rest kennst du ja.«

»Wir werden dem Fürsten dafür ganz schön in den Hintern treten!«

Daryen lehnte sich an die Wand und sagte:

»Immerhin wissen wir jetzt, dass dein Bauchgefühl recht hatte.«

»Was?«

»Na ja, erinnerst du dich, als diese ganze Geschichte ihren Anfang genommen hat?«

Kendel schüttelte den Kopf. »Ich weiß nicht, was du meinst.«

»Als wir zu spät aus der Stadt kamen, sagtest du, du hättest Angst, Larasan könnte ihre Finger mit im Spiel haben.«

»Ach so! Ja und?«

»Nun, indirekt hatte sie das. Dein Bauchgefühl hatte also recht.«

Der schwarzhaarige Rebell stand auf und trat wieder an die Tür.

Er dachte kurz nach und sagte dann:

»Mich würde interessieren, wozu sie den ganzen Aufwand betreiben? Ja, wir haben dem Fürsten hier und da ein paar Stiche versetzt, aber mehr auch nicht. Also warum veranstaltet der Herr der Finsternis einen solchen Zirkus, um uns hierherzulocken? Er hätte uns längst töten können, aber die Befehle lauteten eindeutig, uns lebend zu ihm zu bringen. Ich habe ein ganz mieses Gefühl bei der Sache, Daryen.«

»Vielleicht will Larasan ja auch nicht, dass uns jemand ans Leder geht?«, vermutete Daryen.

»Die Aussicht ist auch nicht besser!«, gab Kendel zu bedenken.

»Wo du recht hast ...!«

»Oder der Fürst hat sich eine besondere Art der Hinrichtung für uns ausgedacht. Als Abschreckung für die anderen Rebellen?«, überlegte Daryen weiter.

»Möglich, aber glaub ich nicht so ganz. Es würde nur jemand anderes an unsere Stelle treten und da weitermachen, wo wir aufgehört haben.«

»Ich denke, wir werden früher oder später erfahren, worum es geht. Wobei mir später lieber wäre«, sagte Daryen, und Kendel stimmt ihm zu.

Kapitel 14

Etwa zur gleichen Zeit im Lager der Freunde.

»Soltar! Hör auf, wie ein aufgescheuchtes Huhn hin und her zu laufen! Du machst mich wahnsinnig!«, schimpfte Max und funkelte den kleinen Dieb böse an.

»Halt die Klappe!«, fauchte Soltar zurück.

Tonsar spürte ebenso wie die beiden Streithähne, dass etwas in der Luft lag. Er machte sich Sorgen um Daryen und Kendel, und im Laufe seiner Jahre hatte er gelernt, auf seine innere Stimme zu hören. Irgendetwas stimmte nicht. Mit entschlossenem Gesichtsausdruck fing er an, ein paar Sachen zu packen.

»Was wird das, wenn es fertig ist?«, fragte Soltar neugierig.

»Du wirst Hagart jetzt eine Nachricht mit allen Informationen zukommen lassen und bist dann sofort wieder hier. Ich und Max machen alles bereit. Sowie du zurück bist, werden wir Kendel und Daryen folgen!«

»Wird erledigt!«, sagte Soltar und war schon unterwegs.

»Max, hol Daryens Buch und packe es in den Beutel da vorne. Dann mach die Pferde bereit.«

»Mach ich!«

Als Soltar von seinem Botengang zurückkehrte, machten sich die Freunde auf den Weg. Sie wählten die Route, die Kendel und Daryen genommen hatten, kamen aber dank der Pferde sehr viel schneller voran. Tonsars innere Unruhe wuchs von Minute zu Minute, und er betete, dass sie noch rechtzeitig ankommen würden.

In einem anderen Teil der Burg saß ein dunkel gekleideter Mann an einem Tisch, auf dem ein Schachbrett mit Figuren stand.

»Ihr habt Eure Sache sehr gut gemacht, Graf. Eure Belohnung wartet bereits auf Euch«, sagte der Unheimliche zum Grafen, der vor ihm kniete.

»Habt Dank, mein Fürst.« Unterwürfig verbeugte er sich.

»Vergesst nur nicht, wem Ihr das zu verdanken habt und wem Ihr die Treue geschworen habt.«

»Natürlich nicht, Herr.«

»Gut! Es wäre doch sehr schade, wenn es wieder einen Unfall geben würde! Ihr versteht hoffentlich, was ich meine, nicht wahr?«

Der Graf schluckte. »Ich verstehe, Herr!«

»Ihr könnt mit Eurer Gemahlin abreisen, Lord Kagami. Aber vorher hätte ich gerne meine Amulette zurück.«

Der neue Lord von Kagami verbeugte sich und übergab dem Fürsten die Schmuckstücke.

Der Fürst gab ihm mit einer Handbewegung zu verstehen, dass er gehen sollte, und er verließ eilig den Thronsaal. Dann wandte er sich dem Schachbrett zu seiner Linken zu. Er nahm eine Figur und drehte sie zwischen seinen Fingern.

Plötzlich tauchte Larasan neben ihm auf und sah dem Grafen mit Abscheu hinterher.

»Widerlicher kleiner Wurm. Er und seine Frau, diese drittklassige Hexe, sind nichts weiter als Abschaum.«

»Dieser Abschaum war uns sehr nützlich. Der Graf war ganz begierig darauf, den Sohn seines Freundes zu verraten und das Fürstentum zu bekommen. So viel alter Hass und Neid. Erfrischend, findest du nicht?«

»Das schon. Aber dieses Weib geht mir mit ihrer arroganten Art auf die Nerven.«

»Aber, aber, mein Kind, du lässt dich von einer albernen kleinen Hexe ärgern?«

Darauf sagte Larasan nichts.

»Wie auch immer. Er hat seinen Zweck erfüllt. Wir haben die beiden Rebellen.«

»In der Tat«, lachte sie.

»Glaubst du wirklich, dass sie es sind? Dass sie der Schlüssel sind?«, fragte der Fürst.

»Die Chancen stehen nicht schlecht. Alles, was wir über die Auserwählten wissen, trifft auf sie zu. Ihre Gaben sind außergewöhnlich stark, und ich habe den Verdacht, dass sie nicht ihr volles Potenzial ausschöpfen. Als ob ihre wahre Stärke verschlossen wäre. Aber was am meisten dafür spricht, sind ihre Auren. So was habe ich noch nie gesehen.«

»Was meinst du damit, Larasan?«

»Menschen haben entweder helle oder dunkle Auren, je nachdem, zu welcher Seite ein Mensch tendiert.«

»Halt mir keine Vorträge über Sachen, die ich bereits weiß! Komm zum Punkt!«, sagte der Fürst ungeduldig.

»Entschuldigt, Vater. –

Daryen und Kendel sind nicht eindeutig. Sie scheinen sowohl der Hellen als auch der Dunklen Seite anzugehören. Sie sind im absoluten Gleichgewicht. Ich habe in Kämpfen schon mehrmals gespürt, dass eine dunkle Energie in den beiden schlummert, die bis jetzt von ihnen unter Kontrolle gehalten wird. Kendels Waffen, besonders seine Armschienen, sind einzigartig, und Daryen benutzt Zaubersprüche, die nur von ihm genutzt werden können, die mir völlig unbekannt sind. Ich bin mir sehr sicher, dass die beiden die Auserwählten der Prophezeiung sind.«

Der Fürst nickte.

»Ich werde sie testen. Solltest du richtig liegen, wirst du dich um sie kümmern. Zerstöre das Gute in ihnen, und verwandle sie in treue Diener der Finsternis!«

»Was aber ist, wenn sich herausstellt, dass sie nicht die Auserwählten sind?«, fragte sie lauernd.

Der Fürst schien kurz zu überlegen.

»Sie wären trotzdem eine Bereicherung für unsere Truppen. Wenn sie erst mal unter deinem Zauber stehen, stellen sie keine Gefahr mehr für uns da. Du kannst sie dann gerne haben.«

Larasan lächelte bei dem Gedanken, wurde aber sofort wieder ernst.

»Aber wir müssen sehr vorsichtig sein, dass sie uns nicht entwischen. Sie sind nicht leicht unterzukriegen und werden mit Sicherheit bereits nach einer Möglichkeit zur Flucht suchen!«

»In der Zelle können sie ihre Gaben nicht zur Flucht einsetzen. Jeder Versuch, daraus zu entkommen, wird sich äußerst unangenehm auf sie auswirken«, lachte der Fürst.

»Seid Euch nicht so sicher, Vater! Ihr dürft sie nicht unterschätzen«, warnte sie ihn.

»Ich habe deinen Rat zur Kenntnis genommen! Geh jetzt, mein Kind. Wenn ich sie auf die Probe gestellt habe, kannst du sie in die ewige Finsternis führen.«

»Wie Ihr befehlt, Vater!«

Die Hexe verschwand so unvermittelt, wie sie aufgetaucht war. Der Mann betrachtete die Figur in seiner Hand und zerquetschte sie mit einem Händedruck. Der feine Staub rieselte zu Boden, als er die Faust wieder öffnete.

»So soll es sein!«, lachte er böse, und in seinen Augen lag ein unheilvolles Glühen.

In dem Augenblick betrat der Hauptmann den Raum und kniete vor seinem Herrn.

»Herr, wir haben die beiden Rebellen! Was sind Eure Befehle?«

»Bringt einen in den Thronsaal. Mir ist ganz gleich, wer!«

»Wie Ihr befehlt, Herr!«

Dann wandte er sich zu einer großen dunklen Gestalt, die hinter seinem Stuhl stand.

»Seth, sorge dafür, dass ich mein Amulett wiederbekomme, und kümmere dich um Gorik. Wir brauchen ihn nicht mehr.«

»Sehr wohl, Herr!«

Zur gleichen Zeit versuchten Kendel und Daryen, einen Ausweg zu finden. Bisher erfolglos.

»Ach verdammt!«

»Ich schwöre dir, wenn ich diesen Mistkerl von Grafen in die Finger kriege, werde ich ihn in der Luft zerreißen!«

Kendel war fuchsteufelswild und rannte wie ein Tiger im Käfig auf und ab. Daryen saß auf einer Pritsche mit dem Rücken an die Wand gelehnt und sagte: »Dazu müsstest du erst mal hier raus, und dabei würde ich dir gerne Gesellschaft leisten.«

Kendel ließ sich auf die andere Pritsche fallen und meinte besorgt:

»Wir müssen hier raus, und zwar schnell. Wenn Larasans Diener hier sind, ist die Dame auch nicht weit, und was sie wieder ausgeheckt hat, will ich lieber gar nicht wissen. Außerdem sind hier ein paar Schwingungen in der Luft, die mir gar nicht gefallen.«

»Was meinst du damit?«

»Hier ist etwas abgrundtief Böses. Eine Aura, die sogar noch niederträchtiger und schwärzer als Larasans ist.«

»So was gibt es? Das hört sich nicht gerade gut an.«

»Wenn ich geahnt hätte, was uns hier erwartet, hätte ich den Durchbruch am Tor versucht. Aber ich denke nicht, dass wir es geschafft hätten. Es waren einfach zu viele.«

»Ich glaube es auch nicht«, stimmte Daryen zu. »Es waren nicht nur Soldaten, sondern auch Dämonenkrieger, und die kann Larasan immer wieder neu beschwören. Wir wären nicht weit gekommen.«

Kendel schüttelte den Kopf. »Die ganze Aktion war ein einziger Reinfall. Alles meine Schuld. Wenn ich nicht dem Grafen zu Hilfe hätte kommen wollen, wäre das alles nicht passiert!«

Daryen winkte ab.

»Das ist doch Quatsch! Wir hätten jedem geholfen, der in dieser Situation ist. Dass es der Graf war, spielt dabei überhaupt keine Rolle! Der Plan war wirklich gut, und dass die ganze Sache eine Falle war, hatten sie mit Magie sehr gut getarnt.«

Er stand auf und ging zur Tür.

»Wenn diese verdammten magischen Sperren nicht wären, hätten wir schon längst einen Ausweg gefunden. Ich gebe es nur ungern zu, aber diese Bande von Halsabschneidern hat tatsächlich mitgedacht.«

Wütend schlug er gegen die Zellentür.

»Vielleicht können wir etwas unternehmen, wenn die

Türe geöffnet wird und die magische Sperre wegfällt«, überlegte Kendel laut.

Daryen zuckte mit den Schultern: »Einen Versuch ist es wert!«

Die Zeit verging, und sie hatten schon die Befürchtung, dass man sie einfach hier unten verrotten lassen wollte, als Kendel von oben ein Geräusch hörte.

»Pst, ich glaube, die Soldaten kommen zurück«, zischte er.

Eine Einheit Soldaten mit Meister Girn im Gefolge betrat das Verlies, und der Ranghöchste trat an die Zellentür. Er sah, dass die beiden Männer keine Handschellen mehr trugen. Der Soldat wusste von der magischen Barriere, die die Zelle umgab.

»Na, habt ihr versucht, das Schloss zu öffnen? Hat es sehr wehgetan?«

Er lachte hämisch, und seine Männer stimmten mit ein.

»Euer Mitgefühl ist wirklich rührend, aber es geht uns ausgezeichnet. Danke der Nachfrage«, sagte Kendel. »Wenn ihr uns jetzt wieder alleine lassen könntet, eure Anwesenheit verpestet die gute Kerkerluft.«

Der Hauptmann wurde rot vor Wut. »Es scheint, als hätten wir einen Freiwilligen! Los, ergreift ihn und bringt ihn hoch!«

Girn öffnete die Zellentür, und die Soldaten betraten die Zelle. Kendel und Daryen wollten sich auf die Männer stürzen, doch damit hatten die Soldaten gerechnet. Der Hauptmann hielt einen seltsamen, rot leuchtenden Stab in Richtung Kendel und Daryen, und beide wurden bewegungsunfähig. Kendel spürte außerdem, dass seine Gabe blockiert wurde. Daryen erging es nicht anders.

»Was?!«, stieß Kendel hervor, als er versuchte, sich zu bewegen.

So hatte er sich die Sache nicht vorgestellt.

»Eine kleine Vorsichtsmaßnahme gegen aufsässige Gefangene«, lachte der Hauptmann.

»Los, schafft den Kerl in den Thronsaal. Und du halt dich zurück. Wenn du versuchst, deine Magie einzusetzen, muss dein Freund dafür zahlen. Verstanden! Das Gleiche gilt auch für dich und deine Gedankentricks!«

Daryen blickte den Soldaten mit zusammengebissenen Zähnen an. Er nickte, obwohl er den Kerl am liebsten in eine Kröte verwandelt hätte. Was sich allerdings als äußerst schwierig erwiesen hätte, da er sich vom Hals abwärts nicht rühren konnte. Zwei Soldaten traten auf Kendel zu und packten ihn. Seine Hände wurden auf den Rücken gedreht und mit Handschellen gefesselt. Der Stab hörte auf zu leuchten, und Kendel und Daryen konnten sich wieder bewegen. Als Kendel versuchte, sich gegen die Soldaten zu wehren, bekam er einen heftigen Schlag in den Rücken und sackte kurz weg.

»Spar deine Kräfte. Du wirst sie noch brauchen!«

Die Männer zerrten ihn weg und ließen Daryen alleine in der Zelle zurück.

Kapitel 15

Es ging durch etliche Gänge und Flure, bis sie schließlich vor einem gigantischen Holzportal standen. Wie von Geisterhand öffnete sich das Tor und gab den Blick auf eine riesige Halle frei. Unzählige Fackeln und Kerzen tauchten den Raum in ein unheimliches, flackerndes Licht.

Kendel wurde vorwärts gestoßen und warf seinen Bewachern einen finsteren Blick zu. Während man ihn weiter in den Saal führte, schaute er sich um. Der Raum war etwa zwanzig Meter lang und zirka zehn Meter breit. Jeweils fünf Säulen aus schwarzem Marmor standen an jeder Seite und bildeten eine Art Gang, der zum Kopfende führte. Zwischen den Säulen standen Soldaten der Drachengarde.

An den Wänden hingen Waffen und Schilde aus den verschiedensten Regionen und Zeiten. Man hatte ihn anscheinend in den Thronsaal gebracht, denn an der Kopfseite des Saales stand ein Ungetüm von Thron, der aus lauter Knochen bestand. Kendels Gesicht verzog sich angewidert.

Ob sein Gastgeber etwas kompensieren musste? Die Soldaten ließen ihn vor dem Thron stehen und traten zurück. Er wusste, dass er keine Chance hatte zu fliehen. Die Drachengarde hätte ihn ziemlich schnell überwältigt, und er wollte nicht, dass Daryen dann für seine Aktion büßen musste. Also ergab er sich für jetzt in sein Schicksal und wartete ab.

Er blickte sich um und fühlte sich plötzlich ziemlich unwohl. Kendel spürte etwas Böses und ahnte, dass es ungemütlich für ihn werden könnte.

Jetzt nur nicht die Nerven verlieren!, dachte er bei sich.

»Wie schön, wir haben einen Gast. Sei willkommen auf meiner Burg. Kendel, nicht wahr?«, sagte eine unangenehme Stimme aus dem Hintergrund.

Überrascht drehte er sich um und sah eine Gestalt aus dem Schatten hervortreten. Sie überragte ihn um einiges und war ganz in Schwarz gekleidet. Eine Krone aus schwarzem Karadorkristall saß auf seinem haarlosen Kopf. Das Gesicht war von einer silbernen Maske bedeckt, die die Gesichtszüge eines Mannes in der Mitte seines Lebens darstellte. Kendel hatte die Geschichten gehört, dass noch niemand das Gesicht des Fürsten der Finsternis je mit eigenen Augen gesehen hat. Wahlweise lauteten die Legenden, dass sein Gesicht für Menschen so abstoßend sei, dass es jedem, der es sah, den Verstand raube. Oder aber er wollte damit seine wahre Identität verschleiern. Kendel war es eigentlich egal. Er hatte nicht vor, hinter die Maske zu schauen.

»Ihr seid mir gegenüber im Vorteil. Ich kenne Euren Namen nicht, Ihr aber meinen. Das zeugt nicht von besonderer Höflichkeit.«

Die Gestalt lachte: »Du weißt wirklich nicht, wer ich bin?«

»Ich ahne etwas, aber ich möchte hören, dass ich mich irre.«

»Du bist wahrhaftig so unverschämt, wie man mir erzählt hat.«

»Man tut, was man kann!«, antwortete Kendel mit einem Schulterzucken.

Der Mann trat auf ihn zu, und Kendel hatte das Gefühl, dass die Temperatur schlagartig sank. Er bekam eine Gänsehaut und spürte einen heftigen Fluchtimpuls.

Der Fürst packte Kendels Kinn und drehte sein Gesicht zu ihm hin. Der junge Mann war gezwungen, sein Gegenüber anzusehen. Er blickte in die kältesten Augen, die er je gesehen hatte. Sie waren von einer tiefroten Farbe, und er glaubte, in ihnen die Feuer der Hölle sehen zu können.

Wenn Augen wirklich das Fenster zur Seele waren, dann blickte er dem absolut Bösen entgegen. Der Telepath unterdrückte ein Zittern. Die Augen des Fürsten bohrten sich geradezu in seine Seele, und Kendel hatte das Gefühl, dass sich eisige Klauen durch seine Gedanken wühlten. Instinktiv baute er einen Schild um sein Bewusstsein auf, um sich zu schützen.

»Larasan ist der Meinung, dass Daryen und du etwas Besonderes seid. Ich schätze, sie meint nicht nur euer gutes Aussehen. Wir wollen sehen, ob sie recht hat.«

Kendel zog wütend sein Gesicht weg und zischte: »Fasst mich nicht an! Und bestellt Larasan, sie soll zum Teufel gehen!«

Der Fremde lachte: »Keine Sorge, ich werde es ihr ausrichten. Kommen wir jetzt zum eigentlichen Grund, warum ich dich hab herbringen lassen!«

Er formte einen Zauber und richtete ihn gegen Kendel. Eine Welle magischer Energien traf den schwarzhaarigen Krieger, und er stieß einen Schmerzensschrei aus. Er musste all seine Kraft aufwenden, um nicht umgeworfen zu werden. Es bereitete ihm unglaubliche Schmerzen, und er betete, dass es vorbeiging, bevor ihn seine Kräfte verließen. Kendel verstärkte den Schild. Er hoffte, so länger gegen die Energien seines Gegners bestehen zu können.

»Nun, sie scheint recht zu haben. Aber wir wollen noch ein paar Versuche wagen, oder hast du noch was anderes vor?« Der Mann lachte, und Kendel dachte bei sich, dass er Schurken mit Sinn für schlechten Humor überhaupt nicht mochte.

Sein Gegner schleuderte ihm erneut einen Zauber entgegen. Doch diesmal war er auf den Angriff vorbereitet. Er wehrte den Zauber mit seinem Schutzschild ab, und die Energien wurden auf den Fürsten zurückgeworfen. Die Gegenwehr kam für Kendels Gegner vollkommen überraschend, und er wurde zurückgeschleudert.

»Wie kannst du es wagen?!«, schrie er wütend auf.

Schon regten sich die Soldaten der Drachengarde, um ihren Herrn zu schützen, doch der Fürst gab ihnen knapp zu verstehen, dass sie sich raushalten sollten. Sofort zogen sich die Männer zurück. Der Fürst wandte sich wieder dem Rebellen zu, doch Kendel hatte seine Energie schon auf ein neues Ziel gerichtet. Er konzentrierte sich auf einige Schwerter und Degen, die an der Wand hinter dem Unheimlichen hingen, und schleuderte sie mit seiner Telekinese auf den Fürsten der Finsternis. Der konnte im letzten Moment die Geschosse abwehren.

Während Kendel einen Moment Luft hatte, als der Fürst seinen Angriff abwehrte, versuchte er die Handschellen zu öffnen. Was nicht so einfach war, da er sie nicht sehen konnte. Ein echter Nachteil seiner Begabung. Kendel musste Sichtkontakt zu den Objekten oder Personen haben, die er mithilfe seiner Telekinese bewegen wollte. Oder er musste genau wissen, wie ein Schloss, zum Beispiel, aufgebaut war. Handschellen und Schlösser von Tresoren funktionierten in der Regel gleich. Nur bei diesen Handschellen klappte es nicht. Kendel fluchte. Was stimmte mit diesen Mistdingern denn nicht?

Der unheimliche Fremde hatte sich wieder aufgerappelt

und blickte Kendel hasserfüllt an. Seine Augen glühten bedrohlich durch die Sehschlitze seiner Maske und fixierten den jungen Mann vor ihm. Der Rebellenanführer hatte Mühe, sich noch aufrecht zu halten. Er atmete schwer und war nahezu am Ende. Der Angriff des Fürsten und der Einsatz seiner Gabe hatten ihm viel Kraft geraubt, zumal er schon vorher seine Energie eingesetzt hatte, ohne sie regenerieren zu können. Seinem Gegner hatte sein Angriff allerdings auch einiges an Kraft gekostet.

Kendel lächelte grimmig.

Der Fürst lachte leise und sagte: »Du bist wirklich gut, doch es wird nicht reichen.«

Er formte einen neuen Zauber und richtete ihn gegen den jungen Telepathen. Kendel wurde von einer gewaltigen Welle schwarzer Energie getroffen, die ihm seine letzte Kraft entzog. Die dunkle Magie durchflutete ihn, jede Zelle seines Körpers wurde davon erfasst. Die Schmerzen waren nahezu unerträglich, und Kendel spürte, wie er in einen tiefen Abgrund zu stürzen drohte. Ihm war klar, wenn er das Bewusstsein verlieren sollte, wäre alles aus und der Fürst könnte tun, was immer er vorhatte. Doch sosehr er auch versuchte, seine letzten Kräfte zu mobilisieren, sie reichten nicht aus.

Das war's!, dachte er bei sich, als er die nahende Ohnmacht spürte.

Doch dann hörte er eine Stimme in seinen Gedanken, die wie das Tosen des Windes klang. Sie umfing ihn und schenkte ihm Kraft.

»Halte durch, mein Sohn. Ich werde dich beschützen.«

Er wusste nicht, woher diese Stimme kam und zu wem sie gehörte, aber er wusste, dass sie es gut mit ihm meinte, und er vertraute ihr. Der Fürst sandte einen weiteren Impuls seiner schwarzen Macht, und sie peitschte auf den bereits völlig entkräfteten Kendel ein. Er bäumte sich noch ein letztes Mal gegen die Energie auf, doch schließlich brach er zusammen, und sein Körper fiel zu Boden. Der Fürst sandte seine dunkle Macht weiter, denn jetzt, da war er sich sicher, konnte er in die Gedanken des Rebellen eindringen. Doch obwohl Kendel sein Bewusstsein verloren hatte, gelang es den Fürsten nicht, die Barriere zu durchbrechen. Es schien, als beschützte eine unbekannte Macht den Geist Kendels. Wie stark die Angriffe des Fürsten auch waren, sie wurden geblockt. Einen solchen Widerstand konnten nur die Auserwählten ihm entgegenbringen.

Der Fürst der Finsternis lachte. Er war sich sicher, in Kendel den Sohn des Lichts gefunden zu haben. Das bedeutete, dass er einer der beiden war, von denen in der Prophezeiung die Rede war. Und da Kendel immer mit diesem Magier zusammen kämpfte, musste Daryen der zweite Auserwählte, der Krieger der Magie sein, denn so kurz vor der Erfüllung der Prophezeiung mussten beide Kämpfer bereits aufeinandergetroffen sein.

Nun, er würde es schon bald erfahren. Er ließ von dem jungen Mann ab.

»Schafft ihn ins Verlies zurück.«

Zwei Soldaten nahmen den reglosen Rebellen und trugen ihn aus dem Thronsaal.

»Wollt ihr jetzt den anderen sehen?«, fragte der Hauptmann.

»Nein, ich werde mich später mit ihm befassen.«

Der Soldat verbeugte sich und verließ den Raum. Für das, was er vorhatte, musste der Fürst gut vorbereitet sein.

Kapitel 16

Daryen saß derweil in seiner Zelle und versuchte, einen Ausweg zu finden. Er untersuchte den Raum und die Wände, ob er eine Schwachstelle entdecken konnte. Vergebens. All seine Versuche, einen Ansatz für einen magischen Angriff zu finden, endeten äußerst schmerzhaft.

»Verdammter Mist!«, fluchte er, als er erneut von dem Zauber, der die Zelle umgab, getroffen wurde.

So langsam reichte es ihm. Daryen wurde fast wahnsinnig vor Sorge um Kendel. Wer wusste schon, was diese Irren dort oben mit dem Menschen, der ihm so viel bedeutete, anstellten. Der Gedanke, dass der Schwarzhaarige vielleicht gerade bei Larasan war, verursachte ihm fast schon körperliche Schmerzen, und Übelkeit stieg in ihm hoch. Langsam rappelte er sich wieder auf, als er Schritte näher kommen hörte.

Die Tür zum Verlies wurde aufgeschlossen, und er konnte den Kerkermeister und die Soldaten von vorhin sehen. Sie brachten den bewusstlosen Kendel und warfen ihn in die Zelle.

»Sieh ihn dir gut an, du bist als Nächster dran!«, lachte der Hauptmann. Er und seine Männer zogen ab. Meister Girn grinste Daryen schadenfroh an und schlurfte in seine Räume zurück.

»Wenn ich hier rauskomme, dreh ich ihm die Gurgel um«, fluchte Daryen.

Er war zu Kendel gestürzt und hob dessen Oberkörper an. Zumindest äußerlich schien sein Freund unversehrt zu sein, stellte Daryen erleichtert fest. Doch er konnte ihn nicht auf dem feuchten und kalten Boden liegen lassen.

Der Magier schaffte es, den leblosen Körper auf eine der Pritschen zu hieven. Dann knackte er die Schlösser der Handschellen mit einem provisorischen Dietrich, den er aus dem Verschluss seiner Tasche gefertigt hatte, und pfefferte sie zu den anderen in die Ecke.

Wenn wir Glück haben, gehen ihnen irgendwann die Handschellen aus!, dachte er ironisch.

Er bemerkte, dass Kendels Handgelenke mit roten Striemen bedeckt waren, die anscheinend von den Versuchen stammten, sich aus den Fesseln zu befreien. Sanft legte er seine Hände auf die Verletzungen und heilte sie. Solange er nicht versuchte, seine Magie zur Flucht einzusetzen, konnte er sie nutzen, so viel hatte er herausgefunden in der Zeit, als Kendel weg war.

Wenigstens das kann ich hier noch machen!, dachte er grimmig.

»Hey Kendel. Sag was.«

Doch der rührte sich nicht. Kendel war bleich, und auf seinem angespannten Gesicht konnte Daryen ablesen, dass sein Aufenthalt oben nicht einfach gewesen war. Der Körper seines Freundes war vollkommen ausgekühlt. Daryen kniete sich vor ihm und streckte seine Hände über ihn aus. Er sprach leise einen Zauber, und ein sanftes blaues Leuchten umgab Kendel. Daryens Zauber wärmte den Bewusstlosen. Mehr konnte er nicht für ihn tun.

Die Zeit verging, und endlich begannen die Augenlider des Schwarzhaarigen zu flattern. Unruhig bewegte er sich hin und her.

»Kendel, los, komm zu dir! Mach die Augen auf«, sagte Daryen und stoppte den Zauber.

Langsam kämpfte sich Kendels Bewusstsein an die

Oberfläche zurück. Das Erste, was er fühlte, war eine angenehme Wärme.

Eine Stimme rief seinen Namen.

Er kannte die Stimme.

Daryen!

Kendel zwang sich, seine Augen zu öffnen, und blickte in das besorgte Gesicht seines Freundes. Daryen war erleichtert, dass Kendel wach wurde.

»Den Göttern sei Dank«, seufzte er.

»Daryen, du? Also scheine ich noch zu leben! Au! Ja, jetzt spüre ich es auch!«, stöhnte er. »Mir tut jeder Knochen im Leib weh!«

Er setzte sich mühsam auf und lehnte sich gegen die Wand.

»Was war los, du warst mehr als zwei Stunden im Land der Träume? Ich dachte schon, du wirst gar nicht mehr wach.«

Kendel hatte Mühe zu sprechen, als er antwortete: »Wir stecken in Schwierigkeiten! In gigantischen Schwierigkeiten! Larasan scheint ihre Finger mit im Spiel zu haben. Unser Gastgeber ist niemand Geringerer als ihr Vater.«

Daryen pfiff und sagte: »Der Fürst der Finsternis persönlich. Dann hat der Graf wohl tatsächlich die Wahrheit gesagt. Jetzt wird's eng. Wir müssen unbedingt von hier verschwinden. Ehrlich gesagt, habe ich keine Lust, das Gleiche wie du durchzumachen.«

Kendel verdrehte die Augen und schüttelte sich. »Da kann ich mir auch Netteres vorstellen. Ich hoffe, du hast die Zeit genutzt, während du hier faul rumhängen konntest. Also sag mir schon, dass du einen Ausweg gefunden hast. Bitte!«

»Leider nicht! Irgendetwas hier blockiert meine Magie.

Immer wenn ich versuche, einen Zauber zu weben, der uns hier rausbringen soll, wendet er sich gegen mich.«

Sein Freund seufzte: »Das war der falsche Text. Richtig wäre: Ja, ich habe etwas gefunden.«

»Dann würde ich lügen.«

»Vielleicht, aber ich würde mich für einen kurzen Moment besser fühlen!«, schmollte Kendel.

Er schloss die Augen und versuchte, den Schmerz, der ihn immer noch im Griff hatte, zu verdrängen. Daryen sah ihm an, dass es ihm noch längst nicht gut ging. Doch Kendel war ein Kämpfer und würde sich nicht unterkriegen lassen.

»Also kommen wir hier nicht so einfach weg, hm?«, fragte er noch benommen.

»Ich fürchte nicht. Das Schloss ist zu stark gesichert. Ich habe es mir noch mal angesehen und versucht, den Schutzzauber zu zerstören, aber ohne Erfolg. Von dem Zauber, der die Zelle umgibt, rede ich gar nicht erst. Vielleicht sollten wir warten, bis die Soldaten wiederkommen, und sie dann einfach niederschlagen. Der Trick funktioniert sonst immer«, seufzte Daryen.

»Glaubst du denn, die kommen noch mal?«

Daryen nickte. »Der Hauptmann hat so was angedeutet.«

Er war aufgestanden und an die Zellentür getreten.

»Wir müssen diesen verfluchten Stab in die Hände kriegen. Sie dürfen keine Chance bekommen, ihn noch mal einzusetzen, sonst können wir unseren Fluchtplan direkt vergessen. Meinst du, du schaffst es, ihn an dich zu nehmen?«, fragte er.

»Ich werde es versuchen. Hoffen wir, dass sie nicht sofort kommen. Ich brauche noch etwas Zeit. Ich habe meine ganze Energie bei dem kleinen Intermezzo mit dem Fürsten verbraucht.«

»Was ist eigentlich da oben passiert?«

»Ich hab keine Ahnung. Der Fürst hat versucht, in mein Bewusstsein einzudringen. So, als ob er hoffte, irgendeine Bestätigung für etwas zu finden. Angeblich hält uns Larasan für was Besonderes, und das wollte er wohl prüfen. Er hat mir ständig seine Magie um die Ohren gehauen, bis mir irgendwann die Lichter ausgegangen sind.«

»Was Besonderes? Was kann sie damit meinen?«, wollte Daryen wissen.

»Ich weiß es nicht. Vielleicht unsere Gaben? Andererseits, wer weiß schon, was in ihrem Kopf vorgeht!«

»Hat der Graf nicht auch so was gesagt?«, überlegte Daryen.

»Dass Larasan nicht ganz normal ist? Da wäre ich sogar einer Meinung mit ihm und ...«

»Nein, dass der Fürst uns wegen unserer Fähigkeiten haben will!«, fiel ihm Daryen ins Wort.

Kendel versuchte, sich die Worte des Grafen ins Gedächtnis zu rufen.

»Stimmt, er meinte, dass der Fürst ein Interesse an uns und unseren besonderen Fähigkeiten hat.«

»Das gefällt mir gar nicht!«

»Vor allem, wenn man bedenkt, dass unsere Gaben gar nicht so spektakulär sind. Es gibt auch andere, die so sind wie wir. Bei uns kommt nur hinzu, dass wir sie regelmäßig gegen diesen Tyrannen und seine missratene Tochter einsetzen«, wunderte sich Kendel.

»Bei der nächsten sich bietenden Gelegenheit suchen wir das Weite!«

Kendel nickte und schloss erschöpft die Augen. Sie warteten, dass die Soldaten erneut kämen, und Kendel nutzte die Zeit, sich zu erholen.

Kapitel 17

Im Thronsaal befahl der Fürst seinen Magiern, alles für den Test mit dem Artefakt vorzubereiten.

»Wie Ihr befehlt, Meister!«, sagte ein alter Mann in langer Robe.

Er ging zu einem Podest, und weitere Magier traten hinzu.

»Herr, Kommandant Seth ist eingetroffen und bittet, vortreten zu dürfen!«, sagte da ein Diener.

Der Fürst nickte kurz, und der Lakai verschwand. Kurz darauf trat die große Gestalt des Kommandanten in den Saal und blieb vor dem Thron stehen.

Seth verbeugte sich und sagte: »Ich habe Euren Auftrag ausgeführt, Herr.«

Der Fürst grinste hämisch und sagte: »Was ist aus unserem Freund Gorik geworden?«

Seth lächelte grausam und griff in seine Gürteltasche, aus der er das Amulett zog, das bis vor Kurzem noch um Goriks Hals gehangen hatte.

»Er hatte einen kleinen Unfall, mein Lord.«

Seth hatte kalt gelächelt, als er sich in das Haus von Gorik teleportiert hatte. Die lächerlichen Schutzzauber, die der Kaufmann um sein Haus gelegt hatte, waren viel zu schwach, ihn aufzuhalten. Zielstrebig begab sich Seth zu dem Arbeitszimmer, wo er den Hausherrn vermutete, und trat ohne Vorwarnung hinein. Gorik saß hinter seinem Schreibtisch und erschrak, als er die ganz in Schwarz gehüllte Gestalt sah.

»Kommandant Seth. Ich habe den Auftrag ausgeführt.

Die Rebellen haben den Plan und den Schlüssel gestohlen«, stotterte der fette Mann, und der kalte Angstschweiß brach ihm aus.

»Oh, das weiß ich. Immerhin haben wir die Rebellen in Gewahrsam nehmen können.«

»Dann ist der Fürst zufrieden mit meiner Arbeit?«

»Ja, sehr sogar. Er möchte dir eine Belohnung zukommen lassen«, grinste Seth.

Der Kommandant war mit einem Mal bei Gorik, und bevor der auch nur einen Laut ausstoßen konnte, hatte Seth ihm das Genick gebrochen.

»Mit den besten Grüßen des Fürsten!«, lachte Seth und nahm dem Toten die Kette mit dem Amulett ab. Dann hob er den toten Kaufmann über seine Schulter und trug ihn bis zur Treppe. Er schmiss die Leiche die Treppe hinunter und teleportierte sich wieder auf Burg Kardia zurück. Im Haus des Kaufmanns stürzten einige Diener zur Treppe, als sie den dumpfen Aufprall hörten, und fanden ihren Herrn mit gebrochenem Genick. Anscheinend hatte er einen tödlichen Sturz erlitten. Niemand kam auf die Idee, dass es Mord gewesen sein könnte. Selbst wenn, es wäre den Dienern ziemlich egal. Er war ein Ekel und Tyrann gewesen, und nun konnten sie endlich von hier verschwinden, ohne sich wegen der Rache des Mannes sorgen zu müssen.

»Wirklich tragisch«, sagte der Fürst und lachte dann.

Jetzt, da seine rechte Hand wieder bei ihm war, wollte er endlich auch Daryen einer Prüfung unterziehen.

Ich muss wissen, ob auch der andere etwas Besonderes ist, dachte er.

»Bringt mir die Gefangenen«, befahl er einem der Soldaten, der sofort verschwand, um den Auftrag auszuführen.

»Zu Befehl, mein Fürst!«

»Seth, du wirst hierbleiben und die Gefangenen unter Kontrolle halten. Sollte der Magier versuchen, Dummheiten zu machen, wird sein Freund dafür zahlen. Du wirst mir doch dabei behilflich sein, nicht wahr, Seth!«

»Mit dem größten Vergnügen, mein Fürst.«

Seths Gesicht verunstaltete ein böses Grinsen, als er sein Messer zog und zärtlich über die Klinge strich.

»Denk nur daran, dass Larasan sehr wütend sein wird, wenn du Kendels Gesicht verletzt«, meinte er fast beiläufig.

Der große Mann nickte und verbeugte sich leicht.

Der Fürst stand auf und ging zu dem Podest, auf dem eine Art Miniaturschrein aus Onyx stand. Darum herum standen vier Magier in dunkelroten Roben. Ihre langen weißen Haare fielen fast bis auf den Boden, und merkwürdige Zeichen waren über ihre verfallenen Körper verteilt. Sie sahen aus, als wären sie in die Haut gebrannt worden.

Die Magier hielten sich an den Händen und bildeten so einen Kreis um das kostbare Artefakt. Leise murmelten sie Unverständliches vor sich hin. Es war eine Sprache, so alt wie die Zeit selbst und aus dem Gedächtnis der Menschen längst verschwunden.

Alt und mächtig.

Wer sie benutzte, zahlte einen hohen Preis, denn menschliche Wesenszüge und Eigenschaften verschwanden, je öfter man sich der Sprache bediente. Die vier Magier hatten ihre menschliche Hülle fast vollkommen aufgegeben und waren immer mehr zu Wesen der Unterwelt geworden. Ihre dunklen Energien konzentrierten sie auf den Schrein, der die magischen Ströme in sich aufnahm.

Als sich der Fürst näherte, stoppten sie den Zauber und ließen einander los, zerstörten damit den magischen Kreis. Sie verbeugten sich vor ihrem Herrn und Meister. Einer sprach: »Es ist alles vorbereitet, Herr! Ihr könnt die Prüfung vollziehen!«

Der Fürst nickte und trat an den Schrein heran. Er strich kurz über die beiden Türen an der Vorderseite, die mit einem Klicken aufsprangen. Im Inneren stand eine kostbare Schatulle, in der ein Ring aus einem schwarzen Kristall lag. In der Fassung befand sich ein ebenfalls schwarzer Edelstein, der in einem unheimlichen Licht glühte und in dessem Inneren es vor Energien zu pulsieren schien. Vorsichtig nahm der Fürst die Schatulle und ging zu seinem Thron zurück.

»Seid Ihr sicher, Herr, dass Ihr den Ring einsetzen wollt? Ihr wisst, was passieren könnte, sollten sie nicht die Auserwählten sein«, gab Seth zu bedenken.

»Ich bin mir sicher, dass Kendel der Krieger des Lichts ist, das bedeutet, dass Daryen der Krieger der Magie sein muss. Sie müssen es einfach sein!«

Seth verbeugte sich und sagte: »Natürlich, Herr!«

Der Fürst stellte das Kästchen auf den kleinen Tisch an seiner Seite und wartete darauf, dass die Gefangenen vor ihn gebracht wurden.

Kapitel 18

Daryen hörte, wie sich mehrere Soldaten dem Kerker näherten.

»Kendel, sie kommen. Meinst du, du bist fit genug, den Stab in die Finger zu bekommen?«

»Wird sich zeigen!«

Die Soldaten betraten den Kerker und näherten sich der Zelle.

»Wo steckt dieser Vollidiot Girn?«, meinte einer.

»Ist doch egal. Wir brauchen ihn nicht. Ist mir sowieso lieber, wenn der Typ nicht in meiner Nähe ist«, antwortete ein anderer und schloss die Zellentür auf.

Kendel hielt sich bereit, den Stab aus der Hand des Soldaten zu schleudern, doch er bekam ihn nicht ins Sichtfeld. Es war wie verhext. Am liebsten hätte er die ganze Bande mit einem Schlag umgeworfen, aber seine Kräfte waren noch nicht wieder stark genug, und irgendwie hatte er das Gefühl, dass seine Gabe trotz der geöffneten Türe immer noch geschwächt wurde.

Einer der Männer setzte den Stab ein und machte den Plan zunichte. Kendel und Daryen wurden gepackt und gefesselt. Der Blonde zerrte an den Fesseln und versuchte, sich loszureißen, doch die Soldaten hielten ihn unbarmherzig fest. Sie brachten die Rebellen auf den Kendel schon bekannten Weg zum Thronsaal. Noch immer standen die Drachenkrieger an ihren Plätzen. Die Waffen, die Kendel dem Fürsten entgegengeworfen hatte, hingen wieder ordentlich an ihrem Platz.

»Los, weiter!«, schrie einer der Soldaten.

Man stieß die jungen Männer weiter in den Raum. Als

sie den Thron erreicht hatten, sah Daryen den Fürsten der Finsternis zum ersten Mal leibhaftig. Er schauderte, als er die abgrundtief böse Aura spürte. Sein Körper wollte einfach nur weglaufen, und wie Kendel spürte er diese unheimliche Kälte, die den Fürsten umgab.

Doch Daryen sah auch eine Chance zur Flucht. Der blonde Magier nahm hier keine magischen Barrieren wahr, und er hatte genug Zeit und Energie für einen Zauber, der ihn und Kendel hier rausbringen würde. Ein kleiner Feuerball, und sie könnten von hier verschwinden. Diesen relativ einfachen Zauber konnte er auch mit gefesselten Händen wirken.

Sein Gegner schien allerdings zu spüren, dass Daryen etwas vorhatte. »Denk nicht mal daran!«, lachte er. »Oder dein Freund wird dafür büßen! –

Seth, wärst du so freundlich?«

Seth nickte. »Mit Vergnügen, mein Lord.«

Er ging zu Kendel und packte ihn.

»Nimm deine dreckigen Pfoten von mir!«, fauchte Kendel.

Doch Seth blieb unbeeindruckt und verstärkte den Griff nur. Dann bog er Kendels Kopf zurück und hielt ein Messer an seine Kehle. Kendel spürte die kalte Klinge und gab sofort jede Gegenwehr auf.

»Seth ist sehr geschickt mit dem Messer. Du möchtest doch nicht, dass Kendel das herausfindet, oder?«

Um den Standpunkt seines Herrn zu verdeutlichen, ritzte Seth Kendels Haut am Hals ein. Blut sickerte aus der kleinen Wunde, und der Fürst hob eine Hand, worauf Seth den Druck des Messers wieder ein wenig verringerte. Daryen funkelte die dunkle Gestalt wütend an und unterbrach seinen Zauber.

»Lasst ihn! Was wollt ihr eigentlich von uns?«

»Das erfahrt ihr schon noch früh genug. Jetzt wollen wir doch erst mal sehen, wer du wirklich bist, Daryen!«

Er bedeutete ihm vorzutreten, was dieser auch widerwillig tat. Der Unheimliche blickte ihm tief in seine Augen, und Daryen fühlte sich, als ob sich eiskalte Klauen in sein Bewusstsein bohrten. Er unterdrückte einen Schmerzensschrei, als die Klauen sich unerbittlich durch seine Gedanken und Gefühle gruben. Doch schien sein Peiniger nicht zu finden, was er suchte. Er ließ von Daryen ab, und der Magier konnte das böse Lachen des Fürsten hören.

»Sieh an, es scheint, dass auch dein Geist geschützt wird.«

Daryen fiel auf die Knie und atmete schwer. Er hatte keine Ahnung, was der Fürst damit meinte. Sein Kopf tat höllisch weh, und seine Brust fühlte sich an, als wäre sein Herz gegen einen Eisklumpen ausgetauscht worden. Aus dem Augenwinkel sah er, wie der Fürst einen Ring aus einer Schatulle nahm.

»Wollen doch mal sehen, ob ich mit meiner Vermutung recht habe«, hörte er ihn sagen.

Der Herrscher der Dunkelheit gab Seth ein Zeichen, worauf dieser Kendel vor ihn zerrte.

»Lass mich endlich los, du widerlicher Mistkerl«, fauchte Kendel und wehrte sich gegen den Kommandanten.

Doch der stieß den jungen Mann unbeeindruckt nach vorne. Kendel fiel zu Boden und rappelte sich wieder auf. Er stand nun neben seinem Freund und blickte den Fürsten hasserfüllt an. Wieder trat der dunkle Schatten in seine Augen, und er wirkte so eiskalt wie im Kerker. Auch Daryens Augen verdunkelten sich, und er wurde wütend, als er sah, wie man Kendel behandelte.

Sein Blick fiel auf die kleine Wunde am Hals seines Freundes, und er schwor, es Seth heimzuzahlen. Dem Fürsten fiel die Veränderung bei den beiden auf, und er lachte. Er sah jetzt, was seine Tochter ihm angedeutet hatte. In den jungen Männern schien es eine dunkle Seite zu geben, die von ihnen bis jetzt unterdrückt wurde.

Er war sich sicher, dass die Auserwählten vor ihm standen, doch er wollte sie trotzdem noch der ultimativen Prüfung unterziehen. Er hatte das wertvolle Artefakt an seinen rechten Ringfinger gesteckt und begann, einige für Daryen und Kendel unverständliche Worte zu flüstern.

Der Edelstein schien plötzlich wie ein Herz zu schlagen und sandte zwei Energiekugeln in den Raum. Sie schwebten auf die beiden jungen Männer zu und gewannen währenddessen beständig an Größe. Die Energiefelder hüllten Daryen und Kendel wie eine Blase ein, und sie wurden in die Luft gehoben. Wie zwei Puppen hingen sie in dem dunklen Licht. Daryen konnte plötzlich Schreie hören. Es waren Kendels, aber auch seine. Die Energie tauchte sie in ein dunkles, eiskaltes Licht. Eine nie gekannte Kälte umfing Daryen, und er hatte das Gefühl, dass sich sein Blut in flüssiges Eis verwandelte und ihn von innen heraus langsam tötete. Die Schmerzen waren unerträglich. Wie tausend Messerstiche, die sich in den Körper bohrten. Als Daryen schon damit rechnete, sich in Staub zu verwandeln, spürte er, wie sein Körper zurückschlug. Als das dunkle Licht die beiden Rebellen umfing, dachte der Fürst zunächst, er hätte sich doch getäuscht.

Die beiden jungen Männer schrien vor Schmerzen, als die dunkle Macht sie angriff – doch dann geschah es. Plötzlich ging ein Ruck durch ihre Körper, und Kendel und Daryen öffneten ihre Augen.Ein strahlendes Licht, wie weiße Flammen, erfüllte sie. Diese Flammen zerrissen die Energiekugeln in tausend Fetzen. Das schwarze Feuer wurde von einem weißen Licht geradezu erstickt, und die unerträglichen Schmerzen ließen nach. Die Rebellen fielen hart auf den Boden. Dort blieben sie benommen liegen. Der Ring hörte auf zu leuchten, und die Kraft, die Kendel und Daryen umgeben hatte, hatte ihre Energie verloren.

Der Fürst hatte das Schauspiel gebannt verfolgt, und das Feuer in seinen roten Augen loderte unheimlich.

»Ich hatte recht! Endlich habe ich Euch gefunden!« Der Fürst lachte grausam.

Dann sagte er: »Seth, bring sie wieder in die Zelle!«

»Zu Befehl, mein Fürst!«, nickte er.

Noch bevor Daryen sich wieder fangen konnte, wurde er auch schon gepackt und fortgezerrt. Ebenso der reglose Kendel, der anscheinend wieder ohnmächtig geworden war. Man brachte sie in die Zelle zurück, nahm ihnen die Fesseln ab und stieß sie hinein. Krachend fiel die Tür hinter ihnen ins Schloss.

»Macht es euch bequem, ihr werdet wohl noch eine Weile hierbleiben müssen. Ich hoffe, es macht euch nichts aus«, lachte einer der Soldaten und drehte sich um.

Die Schergen des Fürsten verließen den Kerker, und Daryen konnte hören, wie eine Tür ins Schloss fiel.

»Mistkerl!«, fauchte Daryen und starrte den Soldaten wütend hinterher.

»Die könnten wirklich mal was Originelleres bringen, wenn sie jemanden einsperren, findest du nicht auch? Immer der gleiche dumme Spruch!«, hörte er Kendels spöttische Stimme hinter sich.

Daryen drehte sich erstaunt zu seinem Freund um. Er

hatte nicht damit gerechnet, dass Kendel wieder bei Bewusstsein war.

»Hast du nicht gerade noch ein Nickerchen gemacht?«, fragte er sanft.

Kendel schüttelte grinsend den Kopf. »Da der Kerl mit dir beschäftigt war, konnte ich mich erholen, was ich mir aber nicht unbedingt hab anmerken lassen.«

»Und dass du vorhin bewusstlos warst und dich hast tragen lassen?«

»Gute Show, nicht wahr? Sie sollen denken, dass ich vollkommen hilflos bin. Vielleicht können wir sie dann so weit täuschen, dass sie den Stab nicht einsetzen.«

»Apropos Show, was war das gerade da oben?«, fragte Kendel. »Was war das für ein merkwürdiger Ring? Und was haben wir da gerade gemacht? Verdammt, Daryen, ich besitze nicht einen Funken Magie in mir, und doch habe ich da oben gegen diesen Ring gekämpft, mit etwas, das sich sehr stark nach Magie anfühlte. Hast du das bewirkt?«

Daryen schüttelte den Kopf. »Keine Ahnung, was das war. Ich habe es nicht bewusst hervorgezaubert oder so, wenn es das ist, was du meinst.«

»Wir sollten wirklich sehen, dass wir hier wegkommen! So wie der Fürst reagiert hat, kann es für uns nur mächtigen Ärger bedeuten«, betonte Daryen noch einmal, und Kendel nickte.

»Glaub mir, ich will nicht wissen, was er vorhat, und erst recht keine entscheidende Rolle in seinem Plan spielen!«

Der Fürst saß auf seinem Thron und war hocherfreut. Der Ring hatte ihm gezeigt, dass Kendel und Daryen tatsächlich die beiden Männer waren, die er gesucht hatte.

Wären sie es nicht gewesen, hätten die Flammen des Ringes sie verbrannt.

Wie schon einige Kandidaten vorher. Von diesen Unglücklichen war nie mehr als ein Häufchen Asche übrig geblieben.

Nur die Auserwählten besaßen die Macht, sich gegen das schwarze Feuer zu behaupten, da in ihnen ein perfektes Gleichgewicht der Kräfte herrschte. Hätte er sie mit einer Waffe des Lichts angegriffen, hätte die dunkle Seite in ihnen zurückgeschlagen.

Doch mit ihrem freien Willen stellten sie ein Problem für ihn dar. Im Moment waren sie eindeutig auf der Seite des Lichts und somit unbrauchbar für ihn und seine Pläne.

Aber um dieses kleine Problem konnte sich jetzt Larasan kümmern. Sie besaß die Gabe, die Seelen der Auserwählten mit Dunkelheit zu vergiften und in treue Diener der Finsternis zu verwandeln. Aus diesem Grund wurde sie erschaffen und auf die Erde gesandt. Die Mächte der Finsternis hatten sie aus den dunkelsten Energien erweckt und dem Fürsten unterstellt. Ihre Magie konnte die Auserwählten in die Finsternis führen, aus der es kein Entkommen mehr gab. Waren ihre Seelen erst einmal dem Licht entrissen, konnten sie die Prophezeiung für ihn erfüllen und seinen Sieg vollkommen machen.

Endlich hatte sich das Blatt gewendet, und nach all den Jahren der Suche war er seinem Ziel so nahe wie nie zuvor. Wenn die Prophezeiung zugunsten der Finsternis erfüllt würde, hätte er mit den beiden Männern zwei starke Diener, da der Zauber sie unter seiner Kontrolle hielt. Mit ihrer Hilfe war er imstande, das Siegel zu brechen und die Pforten zur Unterwelt wieder zu öffnen.

»Seth, lass die Wachen verstärken. Ich möchte nicht, dass unsere Gäste uns vorzeitig verlassen.«

»Zu Befehl, Herr!«

Er wollte jetzt kein Risiko eingehen und die beiden verlieren. Solange sie noch nicht unter seiner Kontrolle waren, bestand die Gefahr, dass sie fliehen konnten. Der Fürst wollte daher keine Zeit mehr vergeuden und befahl Larasan zu sich. Eine schwarze Rauchwolke erschien, und im nächsten Augenblick stand die Hexe vor ihm.

»Ihr habt nach mir befohlen, Vater!«, sagte sie und neigte kurz den Kopf.

»Wir werden die beiden Rebellen so schnell wie möglich in Diener der Finsternis verwandeln. Erledige es, am besten sofort!«, befahl er nur knapp.

Larasan nickte. »Wie ihr wünscht.«

Mit diesen Worten verschwand sie, und der Fürst lehnte sich auf seinen Thron zurück.

»Bald, Herr, haben wir gewonnen!«, flüsterte er, und aus der Ferne hörte man ein Grollen.

Larasan war in ihr Laboratorium zurückgekehrt und wollte letzte Vorbereitungen für das Ritual treffen. Sie brauchte nicht lange, da sie schon alles für den Zauber vor Ort hatte. Immerhin war sie sich sehr sicher gewesen, dass sich eines Tages die Gelegenheit bieten würde, Daryen und Kendel ins Reich der Dunkelheit zu holen. Dementsprechend war alles bereits vorbereitet. Sie beschwor zwei Kreaturen der Unterwelt, die ihr helfen sollten, die jungen Männer unter Kontrolle zu halten, und ging dann mit ihnen in Richtung Kerker. Die Hexe entschied, den Zauber zuerst auf Kendel anzuwenden.

Sie öffnete die Tür zum Kerker und stieg langsam und siegessicher die Stufen hinunter. Ein Lächeln umspielte ihre Lippen. Als sie am Ende der Treppe angekommen war, rief sie: »Meister Girn, wo seid Ihr?«

Der Kerkermeister stürzte aus seinen Räumen und fiel vor Larasan auf die Knie.

»Herrin, was für eine Ehre, dass Ihr Meister Girn in seinem Zuhause beehrt. Was kann ich für Euch tun, Herrin?«

»Wo sind die beiden Gefangenen?«, fragte sie nur knapp.

»Gleich hier in dieser Zelle, Herrin. Ich habe ihnen nichts getan. So wie Ihr es befohlen habt. Girn ist nicht mal in ihre Nähe gegangen.«

»Schließ auf!«, befahl sie dem Folterknecht.

»Ja, Herrin!«

Meister Girn schnappte sich die Schlüssel von seinem Gürtel und schloss die Zelle auf. Er zog die Türe auf und erstarrte.

»Was ist los?«, fragte Larasan, als sie bemerkte, wie Girn nervös wurde.

Doch sie ahnte schon, was passiert war.

»Mach Platz, du Schwachkopf!«

Larasan stieß den Mann zur Seite und betrat die Zelle.

Daryen und Kendel waren verschwunden, und statt ihrer waren vier ihrer eigenen Leute in der Zelle.

»Wo sind die Rebellen?«, schrie sie wütend.

»Meister Girn weiß es nicht, Herrin«, stotterte er. »Meister Girn war nicht hier. Ich sollte die beiden in Ruhe lassen.«

Zornig wandte sich Larasan den Männern in der Zelle zu: »WO SIND DIE GEFANGENEN?«

Sie spuckte ihnen die Wörter förmlich vor die Füße.

Die Männer erschraken und zitterten am ganzen Körper.

»Sie ... sie konnten fliehen, Herrin«, stotterte einer.

»Ahhhhh! Wie konntet ihr das zulassen?«, schrie Larasan und funkelte die Männer an.

»Sie haben uns ausgetrickst!«

»Für dieses Versagen werdet ihr bezahlen, wertloses Gesindel!«, sagte sie mit kalter, schneidender Stimme.

»Bitte, habt Gnade! Die beiden haben uns einfach überrumpelt!«, flehte einer der Männer und warf sich händeringend auf den Boden.

Doch Larasan war zu wütend, um auf das Flehen zu hören.

Sie beschwor einen Zauber und ließ die Unglücklichen zu Staub zerfallen. Girn verschonte sie, da man ihn noch brauchen konnte.

»Wage es nicht, mich noch einmal so zu enttäuschen, oder du endest genauso!«, zischte sie ihm zu.

Er fiel zitternd auf die Knie und sagte: »Girn wird Euch nicht enttäuschen, Herrin!«

Angewidert wandte sich Larasan ab und stürmte die Treppe hoch. Oben angekommen gab sie Alarm. Mit einem Zauber löste sie ein ohrenbetäubendes Signal aus und versetzte damit die ganze Burg in Angriffsmodus. Die Offiziere kamen sofort angestürmt und erwarteten ihre Befehle.

»Die Gefangenen konnten aus dem Kerker fliehen. Ich will, dass sie sofort gefunden und festgenommen werden. Ihnen darf kein Leid geschehen, sie müssen lebend zu mir gebracht werden. Habt ihr verstanden!«

»Zu Befehl!«

Die Offiziere liefen zu ihren Einheiten und starteten die Suche.

»Ihr werdet nicht weit kommen, wartet nur ab!«, sagte sie leise und begab sich in den Thronsaal.

Larasan hatte so etwas befürchtet und ihren Vater entsprechend gewarnt.

Wieso hatte er auch nicht auf sie gehört. Jetzt waren die beiden Rebellen geflohen – aber wie hatten sie es geschafft? Was war hier unten geschehen?

Im Nachhinein bereute es die Hexe, dass sie die Diener getötet hatte. Jetzt konnten sie ihr keine Fragen mehr beantworten. Aber das ließ sich nun nicht mehr ändern. Larasan konnte das aufgeregte Getrampel der Soldaten hören, die von dem Signal in Alarmbereitschaft versetzt worden waren und durch die Gänge und Zimmer stürmten, um die Geflohenen zu suchen.

Aber was war nun tatsächlich im Kerker passiert?

Während der Fürst über ihre Zukunft entschieden hatte, hatten die beiden Gefangenen ihren Ausbruch geplant. Kendel und Daryen ahnten nichts von dem Vorhaben ihres »Gastgebers«. Sie versuchten, ihre Kräfte zu regenerieren, und hofften, dass sie beim nächsten Mal eine Chance zur Flucht bekämen.

Als hätten die Götter ihre Gebete erhört, kamen einige Zeit später vier Männer in den Kerker. Es waren zwei Diener, die von Soldaten begleitet wurden. Sie hatten anscheinend Wasser und Brot für die Gefangenen dabei. Außerdem trug einer diesen verfluchten Stab.

»Pst, ich glaube, sie kommen. Los, leg dich hin und tu so, als ob du noch immer bewusstlos wärst. Vielleicht lassen sie sich dann einfacher überrumpeln.«

Kendel legte sich blitzschnell, wenn auch mit schmerzverzerrtem Gesicht wieder hin. Er schloss die Augen und wartete auf seinen Einsatz. Daryen setze sich auf seine Pritsche und tat besonders leidend.

Einer der Männer schloss die Türe auf und trat zur Seite. Der Soldat, der den Stab trug, betrat die Zelle und warf einen kurzen Blick auf die Gefangenen.

»Scheint so, als bräuchten wir das Ding nicht. Die sehen einfach nur fertig aus«, lachte er.

»Jetzt!«, rief Daryen in dem Moment, und Kendel öffnete die Augen.

Noch bevor der Soldat den Stab einsetzen konnte, hatte Kendel ihm diesen mit seiner Telekinese aus der Hand entrissen und an sich gebracht. Er wunderte sich kurz, warum seine Kräfte jetzt ausreichten, den Stab zu bekommen, aber er hatte nicht vor, sich zu beschweren. Vielleicht hatten sie ja jetzt auch mal Glück. Mit seiner Gabe nahm er seinen Gegnern die Fähigkeit, sich zu bewegen.

»Tut mir ja leid, aber wir müssen dringend weg«, sagte er.

»Ihr werdet nicht weit kommen, man wird euch sofort wieder einfangen«, brachte der Soldat mit zusammengebissenen Zähnen hervor.

»Werden wir ja sehen«, sagte Daryen und schlug die Männer kurzerhand bewusstlos.

Er und Kendel nahmen sich jeder ein Schwert und schafften die vier Niedergestreckten in die Zelle. Daryen nahm dem Soldaten den Schlüsselring ab und verschloss die Türe.

Er grinste. »So schnell kommen die da nicht raus. Die magische Sperre aktiviert sich automatisch, wenn die Tür verschlossen wird.«

»Was ist mit diesem Girn? Müssen wir uns um ihn Sorgen machen?«, fragte Daryen.

Kendel, der nun nicht mehr durch die Barriere in der Zelle behindert wurde, lauschte. Seine Kräfte waren zwar noch geschwächt, aber er konnte die verstörenden Gedanken des Kerkermeisters hören.

»Er ist beschäftigt und sollte uns nicht in Quere kommen.« Kendel schüttelte sich, als er sich aus dem Geist des Mannes zurückzog.

Dieser Girn war eindeutig wahnsinnig, und Kendel musste aufpassen, dass er sich nicht in dieser Wirrnis verlor. Seine Gedankenwelt war erfüllt von grausamen Fantasien und Träumen, und Kendel taten die Menschen leid, die diesem Monster zum Opfer gefallen waren.

»Kendel, alles klar?«

»Alles gut. Der Kerl ist nur ... ach, lassen wir das!«

»Wir sollten so schnell wie möglich verschwinden, bevor er nach uns sehen will.«

Daryen nickte, und sie liefen zur Treppe, die nach oben führte. Oben angekommen, öffnete Daryen vorsichtig die Tür und spähte in den Gang. Niemand war zu sehen.

»Es wird bald auffallen, dass wir nicht mehr als Gäste verfügbar sind. Wir müssen auf dem schnellsten Wege raus hier«, drängte Daryen.

Sie schlichen vorsichtig zur Halle, doch weiter kamen sie nicht. An allen Ausgängen waren Wachen postiert, und zusätzlich patrouillierten Soldaten in den Gängen. Leider waren auch alle Wege zu den Geheimgängen durch mehrere Leute versperrt, sodass eine Flucht auf diesem Wege unmöglich war. Anscheinend hatte Seth den Befehl des Fürsten bereits ausgeführt.

»Verdammt, da kommen wir nicht raus«, fluchte Daryen. »Wir würden vielleicht ein paar Soldaten auf einmal schaffen, aber es sind immer sechs pro Tür, ohne die, die hier herumlaufen. Bevor wir alle ausgeschaltet haben, hat einer von denen Alarm geschlagen!«

»Alle zu lähmen schaffe ich auch auf keinen Fall«, gab Kendel zähneknirschend zu.

»Kannst du sie mit einem Zauber schlafen legen?«

Daryen schüttelte den Kopf.

»Sie stehen zu weit auseinander. Ich könnte vielleicht die sechs an einer Tür ausschalten, aber das würden die anderen sofort bemerken. Wir sollten versuchen, einfach durchzubrechen, und dann rennen, was das Zeug hält«, schlug Daryen vor.

»Die Idee ist gut, aber ich bin noch nicht fit genug, eine lange Verfolgungsjagd durchzustehen. Am besten, wir verstecken uns erst einmal und warten die Dunkelheit ab.«

»Wird uns Larasan nicht aufspüren?«

Kendel schüttelte den Kopf. »Nein, ich werde einen Schild aufbauen, sodass sie uns nicht finden kann.«

»Bist du denn dafür nicht noch zu schwach?«

»Dafür reichen meine Kräfte allemal! Es ist keine sehr schwierige Angelegenheit. Außerdem will ich mir den Grafen vorknöpfen, bevor wir gehen. Das habe ich ihm ja versprochen, und du weißt, dass ich immer halte, was ich verspreche. Und mein Schwert und die Armschienen will ich auch wiederhaben!«

»Könntest du deine Prioritätenliste bitte noch einmal überarbeiten?«, flüsterte Daryen entsetzt. »Was hältst du davon, wenn wir erst von hier verschwinden und uns mit dem Grafen beschäftigen, wenn die Gelegenheit ein wenig günstiger ist?«

Kendel zögerte kurz und nickte dann widerwillig. »So ungern ich es zugebe, aber du hast recht. Kümmern wir uns später um diesen Verräter. Wir wissen nun ja, wo wir ihn finden können.«

Daryen seufzte erleichtert.

Kendel und er schauten sich um und entdeckten ein wenig abseits einen schmalen Korridor.

»Lass es uns dort versuchen!«, meinte Daryen.

Geduckt und die Schatten ausnutzend schlichen sie an den Wachen vorbei und schlüpften in den schmalen Gang. Als sie ihm ein Stück folgten, kamen sie an eine Treppe, die für die Bediensteten bestimmt war. Lautlos huschten sie nach oben und erreichten eine Tür. Vorsichtig öffnete Kendel sie einen Spalt und lugte hindurch.

»Die Luft ist rein. Niemand zu sehen.«

Sie standen jetzt in einem breiten Flur mit mehreren Türen.

Der Bereich des Gebäudes machte einen verlassenen Eindruck. Da glücklicherweise noch niemand ihr Entkommen bemerkt hatte, konnten sie unbehelligt einen abgelegenen Raum finden. Es war ein kleiner Salon mit einem Sofa und drei Sesseln. An einer Wand standen ein kleiner Sekretär und ein Regal mit staubbedeckten Büchern und Kladden. Die Möbel waren mit weißen Tüchern abgedeckt, und in den Leuchtern waren keine Kerzen mehr vorhanden. Anscheinend wurde der Raum schon seit Längerem nicht mehr genutzt, was den beiden Freunden sehr gelegen kam.

Sie verschlossen die Türe, und Kendel erschuf mit seinen telepathischen Kräften einen Schild um die Aura des Zimmers. Selbst wenn Larasan versuchte, sie mit ihrer Magie aufzuspüren, hätte sie keine Chance.

»Wie lange kannst du den Schild aufrecht halten?«

Kendel zog das Tuch vom Sofa und ließ sich darauf fallen.

Er schloss die Augen und sagte: »Für einige Zeit werden meine Kräfte schon ausreichen.«

Daryen wollte noch etwas antworten, als draußen ein Heidenlärm ertönte. Jemand hatte den Alarm ausgelöst, und man konnte die Soldaten aus allen Richtungen anstürmen hören.

»Ich schätze, man hat soeben bemerkt, dass wir nicht mehr da sind! Ich hätte fester zuschlagen sollen«, fluchte Daryen.

»Verdammt! Jetzt kann es ungemütlich werden!«, zischte Kendel.

Auf den fragenden Blick seines Freundes meinte er:

»Ich kann uns zwar vor Larasans Magie mit diesem Schild verbergen, aber nicht vor den Soldaten, wenn sie das Zimmer durchsuchen wollen!«

»Ich glaube, da kann ich uns weiterhelfen«, grinste Daryen.

»Hm, was machst du?«

Daryen griff nach seiner Magie und erzeugte eine Illusion. Anstelle der Tür konnte man nur noch eine Wand sehen.

»Jetzt können sie suchen, bis sie schwarz werden!«, grinste er.

Kendel lachte leise.

Dann schloss er seine Augen und konzentrierte sich darauf, seine Kräfte zu regenerieren. Daryen ging derweil zur Tür und lauschte. Im Gang machte sich hektische Betriebsamkeit bemerkbar. Türen wurden aufgerissen und Möbel umgeworfen.

»Habt ihr sie gefunden!«, hörten sie eine Stimme brüllen.

»Nein, Major. Hier in dem Teil ist niemand!«

»Habt ihr alle Zimmer durchsucht?«

»Ja, Sir!«

»Dann sucht weiter! Sie können sich nicht in Luft aufgelöst haben!«

Zum Glück kam niemand der Männer auf die Idee, sich
einmal genauer mit der Aufteilung der Zimmer zu beschäftigen – sonst hätten sie vielleicht bemerkt, dass hier
ein ganzer Raum fehlte. Die Männer verschwanden, und
es wurde wieder still im Gang.

»Ich glaube, sie sind weg!«

Daryen lauschte noch eine Weile an der Tür, aber als
er nichts mehr hören konnte, was auf Aktivitäten in ihrer
unmittelbaren Umgebung hindeutete, legte er sich auf
ein Sofa und wartete, dass Kendel das Zeichen zum Auf-
bruch gäbe.

Nachdem sie den Alarm gegeben hatte, war Larasan sofort in den Thronsaal geeilt.

»Warum wurde der Alarm ausgelöst?«, wollte der Fürst
wissen, als seine Tochter vor ihn trat.

»Die Gefangenen sind geflohen!«

»Wie konnte das passieren?«, schrie der Fürst außer sich
vor Wut.

Seine Augen glühten rot, und seine rechte Hand hatte er
zu einer Faust geballt. Der Körper zitterte vor Zorn, und
um ihn herum schien die Luft vor Energie zu flackern.

»Sie haben anscheinend die Diener überrumpelt und
konnten unbemerkt aus dem Kerker fliehen.«

»Dafür werden diese Versager bezahlen!«

»Ist schon geschehen«, sagte Larasan, und der Fürst
nickte.

Normalerweise hätte er ihr diese Eigenmächtigkeit
nicht durchgehen lassen, doch jetzt gab es Dringenderes
als das.

»Wir müssen sie finden. Die beiden können noch nicht weit sein. Es sind überall die Wachen verstärkt worden. Such sie mit einem Zauber. Finde sie, ich befehle es dir!«

Larasan verbeugte sich und sprach: »Natürlich!«

Sie griff nach ihrer schwarzen Magie und formte den Zauber, der Kendel und Daryen aufspüren sollte. Sie gab ihn frei und konzentrierte sich darauf. Wie ein Schatten durchzog der Zauber das Schloss auf der Suche nach seinem Ziel.

Kapitel 19

Die Gesuchten verhielten sich still und harrten in ihrem Versteck aus. Die Soldaten hatten sich anscheinend aus diesem Teil der Burg zurückgezogen, um ihre Suche woanders fortzusetzen. Während Daryen sich in der Nähe der Tür aufhielt und auf die Geräusche der Umgebung achtete, hatte es sich Kendel auf dem Sofa gemütlich gemacht.

Er erholte sich jetzt schneller, da er nicht mehr dem magischen Feld in der Zelle ausgesetzt war, und fühlte sich schon sehr viel besser. Plötzlich bemerkte er, wie etwas die Barriere, die er um das Zimmer gelegt hatte, streifte und dann weiterzog.

Es war ein Zauber, so viel konnte er sagen. Er konzentrierte sich und verstärkte den Schutzschild.

»Daryen, ich will dich ja nicht beunruhigen, aber jemand versucht, uns mithilfe von Magie zu finden.«

Daryen wurde für einen kurzen Moment blass. Dann konzentrierte auch er sich und suchte den Zauber, der ihnen auf den Hals gehetzt worden war.

»Kannst du feststellen, wer es ist?«, wollte Kendel wissen.

»Klar, es ist Larasan. Ihre dunkle Energie würde ich unter tausenden wiedererkennen. Bitte, Kendel, sag mir, dass der Schirm dicht ist und du genug Kraft hast, ihn aufrecht zu halten!«

»Noch ist kein Grund zur Panik«, beruhigte ihn Kendel.

»Sag mir aber rechtzeitig Bescheid, wenn Grund zur Panik besteht!«

»Kein Problem«, meinte Kendel und lehnte sich wieder zurück.

Dafür war jemand anderes in heller Panik.

Der Graf war in Angstschweiß gebadet und lief nervös hin und her. Er hatte den Alarm gehört und sofort gewusst, dass die Gefangenen ausgebrochen waren. Hektisch blickte er immer wieder zur Tür, so als erwartete er jeden Moment einen Angriff. Seine Frau beobachtete ihn und wurde langsam ungeduldig. Sie verstand die Aufregung nicht.

»Beruhige dich doch. Du machst mich noch ganz verrückt!«, war ihre hochnäsige Stimme zu vernehmen.

»Mich beruhigen? Hast du nicht gehört, was hier los ist? Kendel und Daryen sind entkommen. Weißt du nicht, was das bedeutet?« Die Stimme des Grafen überschlug sich fast.

»Was soll es schon bedeuten!«

»Kendel wird sich an mir rächen. Er ist fähig und tötet mich, ohne auch nur mit der Wimper zu zucken!«

»Übertreibst du nicht ein wenig? Die beiden gehören zu den Guten. Da steht meucheln nicht auf dem Programm.«

»Auf Daryen mag das vielleicht zutreffen. Aber nicht auf Kendel. Er hasst Verräter und kennt kein Mitleid mit ihnen. Er hält sein Versprechen, ich weiß es. Er ist ein verfluchter Kagami, und die nehmen es so entsetzlich ernst mit ihren Versprechen. Du hättest ihn im Kerker erleben sollen. So habe ich ihn noch nie gesehen. Dieser Blick. In seinen Augen lag eine Dunkelheit, die ein Todesversprechen war. Er wird mich töten, ich weiß es.«

Der Graf schauderte, als er an die Szene im Kerker dachte.

»Er hat die Burg bestimmt längst verlassen«, meinte seine Gemahlin. »Oder glaubst du, sie sind so dumm hierzubleiben? Wenn sie noch hier wären, hätte man sie längst wieder eingefangen. Bestimmt sind sie schon meilenweit entfernt. An dich werden sie zunächst keinen Gedanken verschwenden. Der Fürst wird nicht zulassen, dass seine wertvollsten Gefangenen einfach davonkommen.«

»Glaubst du wirklich?«, seufzte der Graf und ließ sich schwer auf einen Stuhl fallen.

Er wischte sich mit einem Tuch den Schweiß aus seinem Gesicht und atmete tief durch.

»Natürlich tue ich das! Sie werden versuchen, so schnell wie möglich von hier zu verschwinden. Also hör auf, dich und mich in den Wahnsinn zu treiben.«

Sie ging zu ihrem Mann und legte ihm von hinten die Arme um seinen Oberkörper.

»Morgen werden wir bereits auf den Weg nach Kagami sein. Die Rebellen mögen ja gut sein, aber gegen eine Festung mit Soldaten werden sie nicht ankommen. Wir werden nichts mehr zu befürchten haben«, flüsterte die Gräfin.

Der Graf beruhigte sich und meinte: »Wie immer hast du vollkommen recht, mein Liebling! Der Fürst wird sich mit Sicherheit gründlich um unser kleines Problem kümmern.«

Sie lachte und ging an ihren Platz zurück.

»Da bin ich mir sehr sicher!«

Sie wusste nicht genau, worum es ging, aber sie hatte genug aufgeschnappt, um zu wissen, dass der Fürst die beiden Männer für eine enorm wichtige Sache brauchte. Gräfin Mia war zwar keine so mächtige Hexe wie Larasan, aber sie kannte genug Rituale, für die man Menschenopfer benötigte. Ihre Vermutung war, dass der Fürst Daryen und Kendel für eine solche Opferzeremonie benutzen wollte. Immerhin waren sie mit besonderen Gaben gesegnet, die sich auch in ihrem Blut manifestierten. Damit ließen sich mächtige Zauber durchführen. Den wahren Hintergrund kannte sie nicht. Sie wusste nichts von der Prophezeiung und den Auserwählten.

Gräfin Mia schaute in ihren Handspiegel und richtete ihre Frisur. War das etwa eine graue Haarsträhne? Sie musste unbedingt den Jugendzauber erneuern, wenn sie erst einmal in ihrem neuen Domizil waren. Dort hätte sie genug junge Mädchen zur Verfügung, denen sie ihre Lebensenergie aussaugen konnte.

Sie hatte nicht vor, alt und hässlich zu werden, und ihre Stellung verschaffte ihr alles, was sie brauchte, um das zu verhindern. Und außerdem wurde es langsam Zeit, sich nach einem neuen Ehemann umzusehen. Der Graf wurde ihr zu alt, und er hatte ihr einen Titel verschafft, mit dem sie sich nach weitaus mächtigeren und reicheren Männern umsehen konnte. Früher oder später musste sie wohl dafür sorgen, dass sie eine wohlhabende Witwe wurde.

Doch das hatte noch ein wenig Zeit.

Ein grausames Lächeln lag auf Gräfin Mias Lippen. Ihr einfältiger Ehemann würde nie erahnen, dass die größte Gefahr von seinem treusorgenden Eheweib ausging und nicht von ein paar Rebellen.

»Hast du sie gefunden?«, wollte der Fürst ungeduldig wissen.

Er starrte seine Tochter an, die mit geschlossenen Augen vor ihm stand und den Zauber durch das Schloss lenkte. Larasan sah durch den Schatten alles und durchsuchte jeden Winkel des Gebäudes, um Kendel und Daryen zu finden. Doch ihre Bemühungen blieben erfolglos. Schon seit mehreren Stunden versuchte sie ihr Glück, doch ihr

Zauber schaffte es nicht, auch nur die kleinste Spur der beiden aufzunehmen.

»Nein, Vater, bis jetzt noch nicht. Kendel scheint einen Schutzschild aufgebaut zu haben. Ich kann ihn nicht durchbrechen. Diese Kraft ist einfach unglaublich.«

»Du musst sie finden! Ich will sie haben!«, schrie der Fürst der Finsternis.

Larasan nickte nur und setzte ihre Suche fort.

Die Sache wäre sehr viel leichter gewesen, wenn wir die Auserwählten ein paar Jahre früher gefunden hätten, dachte der Fürst bei sich.

Er hatte schon vor einigen Jahren durch seine Orakel erfahren, dass die Auserwählten das Licht der Welt erblickt hatten und dass es zwei Jungen sind. Wo er sie finden konnte, konnten sie ihm aber dummerweise nicht sagen. Die Kinder wurden durch mächtige Kräfte vor seinen Sehern versteckt, und nichts und niemand vermochte zu sagen, wo sich die Jungen aufhielten. Der Fürst konnte nur warten, dass sich ihre Gaben mit der Zeit zeigen würden und er sie dann aufspüren konnte. So wartete er mehrere Jahre, bis er seine Suche fortsetzte.

Als seine Seher ihm immer noch nicht helfen konnten, schickte er seine Spione durch das ganze Land, um nach zwei Jungen mit außergewöhnlichen Fähigkeiten zu suchen. Sie brachten Dutzende Jungen zu ihm, und er unterzog jeden von ihnen dem Test mit dem Ring. Keiner hatte überlebt.

Als er von den beiden Rebellenanführern erfahren hatte, die über unglaubliche Fähigkeiten verfügen sollten, hatte er sogleich aufgemerkt. Die Geschichten über diese jungen Männer waren so erstaunlich, dass man vieles wohl als Fantasie abtun konnte. Doch was, wenn etwas Wahres dran war? Also hatte er seine Tochter auf die beiden angesetzt.

Sie konnte ihm bestätigen, dass es sich um zwei außergewöhnliche Krieger handelte, und sie hatte eine geradezu fanatische Besessenheit für sie entwickelt. Sie wollte die jungen Männer unbedingt besitzen. Dazu war ihr jedes Mittel recht.

Ihm war es egal, was seine Tochter mit den Rebellenanführern anstellen würde, solange sie ihm nicht in die Quere kam. Jetzt, wo der Ring ihm offenbart hatte, dass er die Auserwählten gefunden hatte, war er seinem Ziel ein großes Stück nähergekommen. Ein Jammer, dass er nicht für ihre Erziehung hatte sorgen können. Dann hätte er jetzt nicht so viel Ärger mit ihnen. Aber um ihr widerspenstiges Wesen würde sich Larasan kümmern.

Kapitel 20

Einige Stunden später.

Die Dämmerung setzte langsam ein und tauchte die Landschaft in ein schummriges Licht. Aus dem Tal stieg ein weißer Nebel auf und zog langsam in Richtung Wald. Alles in allem waren es ideale Bedingungen für eine Flucht.

»Wir sollten jetzt versuchen abzuhauen. Was meinst du?«, fragte Daryen.

Kendel nickte und sagte: »Wenn ich den Schild fallen lasse, wird uns Larasan sofort aufspüren. Wir müssen dann so schnell wie möglich hier verschwinden, sonst sitzen wir in der Falle.«

Er überlegte kurz und fügte dann hinzu: »Vielleicht hat sie ja mittlerweile auch aufgegeben.«

»So ungern ich dir das jetzt sage, aber die Gute hat mindestens genauso einen Dickschädel wie du. Glaub mir, sie wird nicht aufgeben!«

Kendel warf seinem Freund einen vorwurfsvollen Blick zu, doch der zuckte nur mit den Schultern.

»Schau nicht so, ich hab doch recht!«

Kendel beschloss, es dabei zu belassen.

»Das Beste wäre es, aus dem Fenster zu entkommen«, meinte er. »Das sollte schneller gehen, als durch das Innere der Burg einen Weg zu finden. Und damit rechnen die wahrscheinlich nicht.«

»In Ordnung!«

Die beiden traten ans Fenster. Sie konnten niemanden direkt unter sich sehen und machten sich bereit.

»Können wir uns nicht im Schild getarnt von hier wegbewegen?«

Kendel schüttelte den Kopf.

»Diese Art von Schutzschild eignet sich nur, um unbewegliche, eng begrenzte Gebiete zu verstecken. In dem Moment, wo wir uns bewegen, würde Larasan sowieso bemerken, wo wir sind.«

»Na dann. Du gibst das Zeichen, großer Meister!«

»Okay – los!«

Kendel löste den Schild, und sie kletterten geschickt aus dem Fenster und die Mauer herunter. Es gab genug vorstehende Steine und Lücken, sodass sie ausreichend Halt fanden und schnell nach unten gelangten. So erreichten sie unbemerkt die Treppe, die in den Innenhof führte. Von dort war es nur noch ein kurzes Stück bis zum Burgtor. Zum Glück hatte man in diesem Teil die Suche bereits beendet, sodass sie ungehindert weiterkamen.

»Jetzt nichts wie raus aus diesem Höllenloch!«, sagte Kendel.

Plötzlich spürte Daryen den Suchzauber, den Larasan ihnen auf den Hals gehetzt hatte.

»Sie hat uns!«, meinte er nur.

»Dann Beeilung!«

Schon ertönte ein Signal, und die Soldaten stürmten in ihre Richtung.

»Eines muss man ihnen lassen, sie haben eine gute Reaktionszeit«, murmelte Kendel, während er mit Daryen zum Ausgang rannte.

Als sie den Innenhof fast durchquert hatten, wurden sie schon erwartet.

»Dort sind sie!«, ertönte eine Stimme.

»Ergreift die Rebellen! Versperrt die Ausgänge!«, schrie ein Soldat aus einer anderen Richtung.

»Das gibt es doch nicht! Kann denn nicht einmal was

glatt laufen?«, fluchte Kendel, als er die Soldaten sah, die ihren Fluchtweg versperrten.

Sie hatten die beiden förmlich eingekesselt und zogen den Kreis immer enger.

»Es reicht mir jetzt! Ich will nach Hause, und ihr werdet mich nicht mehr daran hindern!«

Daryen formte einen Zauber und schleuderte ihn den Soldaten entgegen. Energieblitze zuckten und schlugen vor ihnen ein. Die Soldaten schrien auf, als sie durch die Luft geschleudert wurden, Staub und Rauch behinderten die Sicht.

»Nicht schlecht!«, grinste Kendel beim Anblick des Ergebnisses von Daryens Magie.

Die Männer des Fürsten lagen einige Meter entfernt, wo sie die Energie des Zaubers hinbefördert hatte. Das Gitter, das das Burgtor versperrt hatte, war förmlich zerfetzt worden und hatte der Wucht des Angriffs nicht standhalten können.

»Jetzt aber ab durch die Mitte!«, rief Daryen, und sie stürmten durch das Tor, das zu ihrem Glück durch den Zauber ebenfalls zerstört worden war.

Sie liefen zum Wald, um besser Deckung zu finden, dicht gefolgt von Soldaten.

»Geben die denn nie auf?«, fluchte Kendel, der nach einem flüchtigen Blick über seine Schulter sah, dass sich Handlanger Larasans bereits an ihre Fersen geheftet hatten.

»Wir sind gleich im Wald, dort müssten wir genug Deckung finden«, entgegnete Daryen.

Sie hatten es so gut wie geschafft, und da die Sonne fast untergegangen war, standen ihre Chancen nicht schlecht, die Verfolger im Dickicht der Bäume abzuschütteln.

Larasan hatte sofort bemerkt, dass Kendels Schutzschirm aufgelöst wurde.

»Ich habe sie!«, rief sie und beendete den Zauber.

»Soldaten, sofort zum Burgtor. Ergreift die Rebellen!«

Der Alarm ertönte, und die Soldaten stürmten in den Burghof. Larasan wollte kein weiteres Risiko eingehen und beschwor einige Dämonenkrieger, die ihr treu ergeben waren.

»Ergreift die Rebellen, und bringt sie mir lebend!«, befahl sie ihnen, und die Wesen eilten davon, um ihren Befehl zu befolgen.

Dann ging sie zu einer Glastür, die zum Hof lag, und trat auf den kleinen Balkon hinaus. Sie konnte sehen, dass die beiden von ihren Soldaten im Hof gestellt wurden, und dachte schon, sie hätte gewonnen.

Doch im nächsten Moment musste sie mit ansehen, wie ihre Soldaten von Daryens Energieblitzen unschädlich gemacht wurden. Die Rebellen hatten nun freie Bahn und liefen durch das zerstörte Burgtor in Richtung Wald. Einige Soldaten rappelten sich auf und stürmten den Flüchtigen hinterher, und auch die Dämonenkrieger hatten den Burghof erreicht und nahmen die Verfolgung auf. Daryen und Kendel hatten schon einen gewaltigen Vorsprung und rannten weiter auf den Wald zu.

»O nein, so schnell entkommt ihr mir nicht. Diesmal nicht!«, schrie sie wütend.

Sie hob die Arme zum Himmel und formte einen Zauber, der sie aufhalten sollte. Er bildete zwei riesige Schlangen aus schwarzer Energie, die von Larasan kontrolliert wurden. Sie schossen hinter Kendel und Daryen her, um sie zu ergreifen. Doch die beiden hatten schon einen enormen Vorsprung, und es sah so aus, als würde ihr Zauber sie nicht einholen können.

Larasan hätte keine Chance mehr, einen neuen Spruch zu erzeugen, bevor Kendel und Daryen den Schutz der Bäume erreicht hätten. Die Hexe schrie wütend auf, als sie einsehen musste, dass ihr Zauber erfolglos bleiben sollte.

»Wir schaffen es, los weiter!«, rief Daryen.

Doch wie von Geisterhand bekam der Zauber neue Energie und schoss auf die Flüchtenden zu. Er traf Kendel, der ein Stück hinter Daryen war. Er strauchelte und schwankte, während sich die schwarze Schlange um seinen Körper wickelte.

»Nein!«, entfuhr es ihm, als sie sich fest um ihn schlang und ihn zu Boden riss.

Er konnte das böse Zischeln der magischen Schlange hören und versuchte, sich aus der eisernen Umklammerung zu befreien. Doch je mehr er sich wehrte, umso enger zog sich der Körper des Tieres um ihn.

Kendel sah, dass die andere Schlange Daryen greifen wollte, doch er packte mit seiner Gabe einen alten Baumstamm und warf ihn zwischen Daryen und den Zauber, sodass sich der Schlangenkörper um das Holz schlang und Daryen verfehlte. Die Schlange war somit außer Gefecht gesetzt. Doch von der Burg kamen die ersten Soldaten auf die beiden zu und würden sie bald erreicht haben.

Daryen hatte Kendels Sturz bemerkt und wollte zu ihm, doch der rief: »Lauf weiter! Sie brauchen uns nicht beide zu erwischen! Ich werde sie so lange wie möglich aufhalten! Hol du Hilfe! Los, mach schon, dass du weiterkommst!«

Daryen schüttelte den Kopf. »Kommt gar nicht infrage. Entweder beide oder keiner!«

Doch Kendel gab einen unwilligen Laut von sich und stieß Daryen mit seiner Gabe in den Wald.

»Was?«, schrie der erschrocken auf, als er von der unsichtbaren Macht gepackt und an einen Baum geworfen wurde.

Mit seiner Telekinese ließ Kendel einige Efeuranken um Daryens Körper wickeln, sodass sein Freund an dem Baum festgebunden war und erst einmal nicht wegkam. Die Efeuranken verdeckten Daryen so gut, dass man ihn im Dunkeln und zwischen den Sträuchern nicht entdecken konnte.

Kendel versuchte verzweifelt aufzustehen, doch der Zauber klammerte seine Beine zusammen und presste seine Arme dicht an seinen Körper.

»Lass mich endlich los, du Mistvieh!«, fluchte er.

Die Soldaten hatten ihn mittlerweile erreicht und kreisten ihn ein. Daryen blieb nichts übrig, als hilflos mit anzusehen, wie sein Freund von den Häschern Larasans eingeholt wurde. Er wollte Kendel etwas zurufen, doch plötzlich hörte er die Stimme seines Freundes in Gedanken.

Sei still, bitte, Daryen. Wenn sie uns beide erwischen, wird es noch komplizierter. Ich werde versuchen, sie von dir wegzulocken. –

Aber das ist viel zu gefährlich, versuchte es Daryen. –

Wer soll mich denn rausholen, wenn sie dich auch schnappen? Und bitte, egal was Larasan für Forderungen stellt, geh nicht drauf ein, hörst du!

Daryen verstand, was Kendel meinte, und gab auf. Er wusste auch, was der andere mit seiner Warnung gemeint hatte. Mit Kendel in ihrer Gewalt könnte Larasan ihn zwingen aufzugeben und zu ihr zu kommen, um seinen Freund vor Schlimmerem zu bewahren. Kendel ahnte das und wollte nicht, dass Daryen sich darauf einließ. Er verhielt sich mucksmäuschenstill und beobachtete das Geschehen vor ihm. Der blonde Magier konnte sehen, wie die dunklen Energien, die Kendel umschlungen hatten, begannen sich aufzulösen.

Auch Kendel bemerkte es. Er sprang auf und schleuderte den ersten Dämonenkrieger, der ihn ergreifen wollte, weit von sich. Da sie in der Überzahl waren, musste er seine Gegner, so weit es ging, auf Abstand halten. Wenn sie ihn erst einmal gepackt hätten, hätte er keine Chance mehr. Beim Kampf mit den Gegnern achtete er vor allem darauf, von Daryens Versteck wegzukommen. Er schaltete einige von Larasans Geschöpfen aus, doch schließlich gelang es zweien, ihn zu überrumpeln und seine Arme zu ergreifen. Kendel wehrte sich verzweifelt gegen den Griff der beiden Männer, doch er war ausgelaugt vom ständigen Einsatz seiner Kräfte und dem Kampf mit den Soldaten. Er schaffte es nicht, sich loszureißen, und seine Arme wurden brutal auf seinen Rücken gedreht. Er schrie kurz vor Schmerzen auf, als die Soldaten, die ihn festhielten, seine Arme nach oben bogen.

Kendel hatte das Gefühl, seine Schultern würden aus den Gelenken gerissen. Eisige Kälte umschloss seine Handgelenke, als die Fesseln sich darum legten, und die brutale Kraft, die seine Arme nach oben gedrückt hatte, ließ nach. Zwei Soldaten hielten ihn fest, während die anderen sich nach Daryen umsahen. Grimmig stellte Kendel fest, dass sein Plan aufgegangen war und sie Daryen nicht bemerkten.

Der Nebel hatte mittlerweile den Wald erreicht, und das dämmrige Licht tat sein Übriges. Einer der Dämonenkrieger rief mithilfe eines Amuletts nach Larasan.

Über dem Schmuckstück erschien eine Miniprojektion der Hexe und fragte: »Wart ihr erfolgreich?«

»Herrin, wir konnten einen Rebellen gefangen nehmen. Der Zweite ist uns leider entkommen. Wie lauten Eure Befehle, Majestät?«

»Kehrt zur Burg zurück! Es ist zu gefährlich, ihn unter diesen Bedingungen zu suchen!«

»Zu Befehl, Herrin!«, sagte der Dämonenkrieger knapp, und die Projektion verschwand.

»Wir kehren zur Burg zurück!«, befahl der Hauptmann, der das Gespräch mitgehört hatte.

»Was ist mit dem anderen, Sir?«

»Der ist wohl über alle Berge. Es ist zu dunkel, um ihm zu folgen. Und zu gefährlich. Wir ziehen uns zurück! Befehl von Larasan!«

Kendel hörte den Befehl, und ein Felsbrocken fiel ihm vom Herzen.

Daryen war entkommen.

Ende Teil 1

Glossar

Nebenfiguren:

Tref: hat einen Händlerstand mit Tonwaren auf dem Marktplatz von Glendal.

Quell: Informant der Schwarzen Maske.

Gorik: Kaufmann und Handlanger des Fürsten.

Filligan: ein Bauer aus einem der umliegenden Dörfern Glendals.

Krähen: Kopfgeldjäger, die meist im Auftrag des Fürsten arbeiten.

Kor: Anführer der Menschenjäger, die Kendel und Daryen in der Stadt angreifen.

Dek: Angehöriger des Kareccustammes, benutzt ein Blasrohr, um Gegner mit vergifteten Pfeilen auszuschalten.

Carel: Magier der Menschenjäger.

Marek: einer der Wachen im Haus der Menschenjäger.

Tyth: einer der Wachen im Haus der Menschenjäger.

Kace: Anführer der Menschenjäger.

Herzog Tymoor: Kunde der Menschenjäger mit besonderen Vorlieben, an den Daryen und Kendel verkauft werden sollten.

Nedra: Göttin des Totenreiches, das auch »Dunkles Reich« genannt wird.

Kirin: ein Rebell, der in einem anderen Dorf agiert.

Kadwil: ein Rebell, der in Glendal agiert.

Baron Teal: Verbündeter der Rebellen.

Hagart: Mitglied der Rebellen, der mit seinen Leuten Angriffe auf Versorgungskarawanen und Stellungen der Armee der Fürsten ausführt.

Baron Kyloth: Oberst in der Armee der Fürsten, kennt Kendel von früher.

Seth: Erster Kommandant und rechte Hand des Fürsten.

Meister Girn: Kerkermeister.

Hauptmann Trak: Hauptmann der Drachen bei Gorik.

Pflanzen und Edelsteine aus der Welt Taimura:

Feuerdiesteln: Blume, deren Samenkapseln bei Berührung ein heftiges Brennen auf der Haut auslösen, Zutat für Zauber- und Heiltränke.

Jakis: schwarzer, schimmernder Halbedelstein, der mit feinen silbernen Linien durchzogen ist.

Mertyl: moosgrüner Halbedelstein, schützt, wenn man es bei sich trägt davor, dass Telepathen die Gedanken des Trägers lesen können.

Takotis: Pfeilgift des Kareccustammes; wird aus den Wurzeln der Nachtklaue gewonnen.

Kirrbaum: kleiner Baum mit herzförmigen Blättern und zartrosa Blüten, aus den Blüten gewinnt man einen süßen Brei, der in vielen Speisen verwendet wird, die Blätter werden in Honig eingelegt und als Brotauflage verwendet.

Karadorkristall: schwarzer Kristall, der sehr selten ist, ein kostbares Material, das sich nur wenige leisten können, seine Gewinnung ist mühsam und gefährlich.